하여튼 왕창 개소리는 아닙니다만

하여튼 왕창 개소리는 아닙니다만

이명선 지음

들어가는 말

《하여튼 왕창 개소리는 아닙니다만》에는 최소 세 가지 개소리가 등장한다.

먼저 생물학적인 개소리다. 그냥 지나치기 쉬운 소리지만 이 소리야말로 개와 사람을 이어주는 꾸밈없는 언어다.

이 소리를 통해 개는 자신의 의사를 사람에게 전하고, 사람도 개와 소통하고 있으니, 이 개소리야말로 주의 깊게 들어야 할 첫 번째 소리다.

다음은 사람이 내는 개소리다.

개가 반려 급으로 올라서지 않았을 적, 언어조차 개 취급을 당했다.

요즘 세대는 조금 다르게 '개'를 앞세워 사용한다. 개예뻐, 개이득, 개간지, 개좋아….

개를 앞에 두어 긍정적이고 밝은 이미지를 만들고 있다. 개 처지 따라 언어도 달라진 셈이다.

하지만 요즘이라고 부정적 쓰임이 아주 없어진 건 아니다.

'무슨 개소리야?' '개소리 말아' 같은, 사람답지 않은 사람이 내는 소리를 일컫기도 하고, 사람다운 목소리를 내어도 일부러 비하해서 개소리라 윽박지르는 경우를 나타내기도 한다. 혹은 진짜 개소리 같은 소리일 수도 있겠고.

마지막으로 《하여튼 왕창 개소리는 아닙니다만》에 등장하는 개소리가 있다.

개를 빙자한 인간 소리거나 인간을 빙자한 개소리이니 상상력을 발휘하여 들을밖에 없는 소리다.

반려인 1,500만 시대가 되고 보니 길에서 개를 만나는 일이 흔해졌다.

공원으로 산책하러 나가면 때론 개를 피하느라 직진 보행이 어렵다. 자주 보다 보니 저들은 사람을 어떻게 여길지 궁금했다. 개에게 사람은 신이거나 외계인으로 보일 것이라는 의견도 있던데 과연 그렇게 여길까?

반려견을 산책시키는 주인의 태도도 각양각색이고, 주인 따라 산책하는 개들의 성향도 각기 다르다.

만일 개가 말을 할 줄 안다면 주인에 대해, 세상에 대해, 무슨 말을 하고 싶을까?

이런저런 궁금증으로 시작한 25편의 이야기는 그렇게 시작되었다. 하여튼.

2025년 2월

이명선

차례

1

번
째

이
야
기

나는 문제없는 시바견입니다

나는 시바견으로 수컷이다. 이름에 별 의미를 두지 않지만, 주인은 내 이름을 '보나'라고 지어 불렀다. '보나파르트 나폴레옹'을 줄여서 지은 이름이다.

남자 주인은 어렸을 적에 어머니가 사준 나폴레옹 위인전을 읽고 나폴레옹 같은 사람이 되고 싶었다고 한다. 유감스럽게도 주인은 나폴레옹처럼 키가 작은 것 빼고는 그 어떤 점도 나폴레옹을 닮지 않았다. 부인도 키가 작고, 얼굴이 남편처럼 동그랗다. 부부가 외모도 그렇고, 유순한 성격도 닮았다. 나는 이 부부를 '달덩이 부부'라고 부른다.

그들은 최근 나를 이웃집 성화에 못 이겨 문제견으로 신고하였다. 옆집 닭을 내가 두 마리나 물어 죽였기 때문이다.

사람들 입장에서 보면 나는 문제견 맞다. 문제견은 맞다 쳐도 나를 변론하고 싶다. 사리를 밝혀 옳고 그름을 따져 무죄를 밝히고 싶다.

2000여 년 전 어느 철학자는 탁월한 변론을 했으나 기득권을 절대로 포기하지 않는 배심원들에 의해 그의 변론은 변명이 되고 말았다. 나는 타고난 수를 누리고 나를 이해하는 좋은 가정에서 살다 자연사하고 싶다.

나는 달덩이 부부와 다르게 강한 성격이다. 순종이나 복종 따위 덕목과는 거리가 멀다(그걸 덕목이라 규정한다면). 우선 주인에게 살살거리는 법이 없다. 자존심이 강하고 주인보다 내가 훨씬 잘났다고 여긴다. 강자에게도 굴하지 않고, 약자는 사정없이 뭉개버린다.

나는 서열을 정하는 일로 아침을 시작한다. 늘 내가 서열 1위가 되어야 한다. 이 집에서는 당연히 내가 서열 1위다. 시바견 중에서도 알파 기질이 뛰어나므로 어쩔 수 없다. 사람에게도 예외가 없다. 나보다 약해 보인다 싶으면 개의치 않고 행동한다.

그럼에도 불구하고 나는 나쁜 개는 아니다. 단지 내 성향이 그렇다는 사실을 말하고 있다. 사람들과 직접 소통하지 못하니 내 정확한 뜻을 전달할 수 없어 답답하다. 고작 날카로운 이를 드러내 으르렁거리거나 할퀴는 정도로 의사 표현을 하는데 사람들은 나를 문제 있는 개라며 멀리한다.

물론 옆집 닭을 두 마리나 물어 죽였다. 때는 6월, 먹을 것이 천지에 널린 마당에 그 암탉은 감히 내 밥그릇을 탐했다. 나는 목줄에 묶여 있어서 닭들이 너른 마당에서 자유롭게 다녀도 사냥 본능을 억누르고 살 수밖에 없었다.

그런데 '통통하고 다리도 짧고 콧구멍도 넓은 암탉'이 뒤뚱뒤뚱 걸어오더니 허락도 없이 내 밥그릇에 머리를 디밀었다. 처음엔 "저리 가!" 하고 가볍게 으르렁거렸다. 그래도 암탉은 나를 무시하고 (이 대목에 주의해 주시길) 내 점심을 탐했다. 동물로서 기본 소양을 갖추지 못한 퇴화한 조류였다.

사람이나 나나 땅은 소중하다. 사람들이 땅따먹기에 혈안이 되듯 나도 내 땅에 누가 발을 디디면 참지 못한다. 통통하고 다리도 짧고 콧구멍도 넓은 암탉은 무단침입죄로 나한테 징벌을 받았다. 사람들은 경찰에 신고하여 법원의 판결을 받으면 되지만 나는 호소할 데가 없으니 직접 내 입으로 처단했다. 정당방위 아닌가? 죄는 암탉에게 물어야 한다.

주인은 내가 동일한 죄를 다시 저질렀다고, 재범에 현행범까지 추가해서 나를 파양하려 하고 있다. 재범이라는 누명은 억울하다. 뻔히 제 동족이 내 영역을 침범했다가 정죄를 당했다는 소문이 그 퇴화한 조류 사이에 퍼졌을 텐데 왜 멍청하게 같은 죄를 또 저지른단 말인가?

어제 일어난 일이다.

'건방지게 생긴 데다 요란한 소리로 울어대는 멋대가리 하나 없는 수탉'이 내 땅으로 걸어오더니 통통하고 다리도 짧고 콧구멍도 넓은 암탉이 저지른 짓거리를 복붙하듯 감행하였다. 두 눈 뜨고 봐줄 수 없는 행태였다. 당연히 나는 영토 수호 차원에서 수탉의 목을 잡고 신나게 털어주었다.

이 광경을 우리 달덩이 부부가 보고 경악하였다. 아! 이 광경을 목격한 한 사람이 더 있다. 닭 주인인 이웃집 할머니다. 할머니라고 전부 마음이 넓고 인정스러운 건 아니다. 할머니는 사람이 지를 성싶지 않은 괴성을 지르며 나에게 마구잡이로 돌을 던졌다. 그리고 달덩이 부부를 향해 악다구니를 퍼부었다.

"당장 저 개새끼를 쥑여버리라고! 내 눈앞에서 치와 버리라 캤는데 뭐 하는 거야. 당장 없애! 저놈은 사람 죽이고도 남을 개호로 자슥이야. 이 개애샤꺼어….”

마지막 개새끼 소리는 목이 막혀 잘 나오지 않는지 캑캑거렸다.

나는 재범에 현행범이 되었다. 다시 나를 변론한다. 변호사를 붙여주지 않으니 스스로 변호한다. 나는 문제없는 시바견일 뿐이다. 사람들이 자신의 한계를 모르기 때문에 우를 범한다. 자신이 제어할 수 있는 개가 있고 없는 개가 있다. 통제할 수 없는 개를 키우면 문제가 생긴다. 그걸 모르고 아무 개나 덥석 집안에 들이지 마시라. 만나면 만나서 괴롭고, 보내려면 그간 미운 정 고운 정 들어서 보내기 힘든 법이다.

거듭 말씀드린다. 나를 목줄 매어 키우지 마시라. 스트레스가 더 쌓여 난폭해진다. 나를 좁은 공간에 가두지 마시라. 그리고 착각하지 마시라. 언젠가 가족과 화목하게 지낼 수 있다고 넘겨짚지 마시라. 어떻게든 나와 함께하고 싶다면 우선 담력을 기른 뒤 내 사냥 본능을 제어해 주시라.

달덩이 부부가 원한 건 시바견의 외양을 한 살살이 푸들이 아니었을까 싶다. 나는 푸들처럼 사람에게 귀여움을 받으려고 알랑거리지 않는다. 달덩이 부부는 보슬비에 옷 젖듯 내가 그들 속에 스며들어 화목한 가정의 일원이 되기를 꿈꾼 모양이다.

"달덩이 부부님! 꿈 깨세요."

분양가 80% 할인, 사기 분양 없음, 질병 발견 즉시 환불, 평생 동물병원 무료 검진 서비스…. 주인 부부는 이런 광고가 붙은 분양업체 '유독'에서 나를 데려왔다. 2개월 된 새끼 때였으니 그때만 해도 귀여운 외모를 지닌 시바견이었다.

내 외모로 말할 것 같으면 — 혹시 궁금해할까 봐 말씀드리자면 — 궁금해하지 않아도 어쩔 수 없지만, 유독 지적이고 사려 깊으며 귀족적으로 보인다. 외모는 이 세계에서도 가볍게 취급하지 않는다. 외모에 대해서는 여기까지. 주제에서 벗어나니까.

하기는 여기까지 읽은 분 중 누군가는 분명 나를 주제넘은 개라고 비난할 수 있다. 맞다. 나는 반려견이 되기에는 유독 주제를 모른다. 처음에는 달덩이 부부가 나를 충분히 제어했다. 그러나 날이 갈수록 내 유전적 기질이 나타나기 시작하면서 주인을 업신여기고 무시하는 무뢰한이 되었다.

내가 원하는 것, 좋아하는 간식을 주지 않으면, '뭐야?

사람이면 다야?' 하는 생각에 바로 여주인의 신체 어디든 할퀴고 언젠가는 발가락까지 물어버렸다. 여주인 몸 여기저기에 내가 할퀸 자국이 남아 있다. 개라고 생각이 없으랴. 상처를 보면 미안하다. 다시는 그러지 말자고, 다짐하지만, 성질이 나면 주인에게 또 달려든다. 제어가 안 된다.

이미 아시겠지만 나는 지나치게 독립적이다. 주인이 나를 장시간 방치한다고 해서 불안해하지 않는다. 내버려두는 편을 더 좋아한다. 그러니 나를 쓸데없이 만지려고도 하지 마시라.

나는 사람 손길을 별로 좋아하지 않는다. 사람도 그렇지 않은가? 아무리 연인이라 해도 쉴 새 없이 계속 스킨십한다면 나중에는 "제발 좀 떨어져 줄래?" 하지 않겠는가?

나는 내 위생을 위해 행하는 목욕이라거나 발톱 다듬기 같은 행위도 싫어하니 이 점도 참고 바란다. 원래 사냥견으로 키워진 품종이라 태생이 공격적이니 참고에 참고를 바란다. 나도 거기까지는 말하고 싶지 않지만 때로 인명사고를 일으키기도 한다. 내 특성을 잘 이해하고 제어할 수 있는 분이 나를 반려견으로 받아들이시라.

통상적으로 반려견이 보여주는 행동은 기대하지 마시라. 최근 달덩이 부부는 다른 시바견을 키우는 가정에서 대부분 2년쯤 키우다가 파양을 고민하듯, 나를 파양하기로 마음을 정했다. 달덩이 부인은 연신 울며 나에게 부탁했다.

"보나야! 미안해. 너를 훈련 시킬 소양이 우리한테 부족했음을 이제야 알았단다. 네가 다른 가정에 가더라도 최소한 입질을 안 할 만큼 너를 교육해서 보낼 거야. 그 정도는 따라줄 수 있지?"

아니라고 말하고 싶은데 의사를 전달할 수 없으니 답답하다. 어서 개 언어를 사람 언어로 번역해 주는 기기가 나오길 바란다. 인간들은 발명하지 못하는 게 없지 않은가? 특히 돈을 발명한 인간들에게 경의를 표한다. 돈이면 만사 해결되는 세상을 발명했으니 말이다. 사랑, 의리, 정, 정의 같은 낱말은 맥을 추지 못하게 만들고, 생판 모르는 사람도 마음대로 부릴 수 있는 권한을 부여하는 돈을 발명한 인간이라니. 개의 감탄이 서푼 어치도 안 되겠지만 감탄사를 아끼고 싶지 않다.

무슨 얘기를 하려고 했던가? 아! 하여튼 나는 문제없는 개다. 강조와 반복을 사용해야 하는 내 처지를 이해해주시길.

요즘은 사람도 부모가 되려면 결혼 전에 부모 교육을 받거나 대학에 부모학과가 필요하다고 건의하는 이들도 있다고 들었다.

감히 부탁한다.

반려견을 키우는 이들에게도 자격 시험을 치르게 하여서 통과한 사람에게만 분양하게 해 달라. 돈만 주면 묻지도 따지지도 않고 분양하는 업체에 우리의 운명을 맡기지 말라.

운전 면허증처럼 반려견을 키울 수 있는 면허증을 발부해 달라. 그것이 어려우면 차라리 우리에게 선택권을 달라! 우리는 냄새 하나로 사람 됨됨이를 분별할 수 있다. 이 탁월한 재능을 묵혀두고 있다. 그런데도 나하고 동거 동락을 원한다면 이 글을 처음부터 끝까지 주의 깊게 읽어주시라.

솔직하게 말하자. 동거까지는 가능하지만, 동락까지는 책임질 수 없다. 적어도 나는 내 능력의 범위를 알고 있는 개다. 누군가는 개보다 견공이라고 나를 높여 부르라고 하는데 스스로 높이는 자는 꼴불견인지라 담백 솔직하게 나는 나를 개라고 부르겠다. 반려견이란 호칭도 낯간지럽다.

말을 많이 했더니 피곤하다. 피곤하니 눈을 붙이고 싶다.

그렇다고 개를 위한 자장가 따위는 틀지 마시라. 우리 여주인이 직접 불러주는 자장가도 조심스럽게 사양한다.

여주인은 '엄마가 섬 그늘에 굴 따러 가면~~' 이런 자장가를 끝없이 불러준다. 우리 엄마는 어디 갔는지 모른다. 하지만 절대 굴 따러 가지는 않았다. '침묵은 금이다'는 속담을 여주인이 자주 떠올리기를 바란다. 있는 그대로의 나를 알아달라고 유독 강하게 말했다.

유독 배상

2

번
째

이
야
기

나는 직업이 있는 개입니다

어떤 텔레비전 프로그램에서 은행에 취직했다는 여고생 둘을 출연시켰다. 취업했다고 말이다. 젊은이들 취업이 대단한 일이 되었다.

그 프로그램은 처음에는 지나다니는 행인, 평범하디 평범한 사람에게 퀴즈를 내어 맞히면 최저 시급으로 8시간씩, 일주일은 넘게 일해야 받을 수 있는 큰돈을 주는 프로였다. 그런데 코로나를 겪으면서 방송국 안에서 프로그램을 진행하더니 이제 거리로는 나오지 않는다.

프로그램은 그렇다 치고. 그래, 이해한다. 요즘 세상에 젊은이들이 취업하기 어렵다는 것을. 취업을 포기하는 젊은이들이 많으니 동기부여를 위해 출연시켰을 것이다. 그래, 아무렴 이해한다. 개인 나도 취업했는데, 젊은 사람이 직업이 없으면 되겠는가?

  나는 직업이 있는 개다. 하기는 누군가의 가정에서 길러 지고 있는 반려견치고 직업이 없는 개는 없다. 어떤 왕이 그랬다고 한다. 이야기를 끝까지 하려면 너무 기니까 짧게 가자. 세상의 모든 지혜를 있는 대로 모아 압축시켰더니 '세상에 공짜는 없다'라는 한 문장을 얻었다고 한다. 뭐, 다 아는 이야기를 왜 수고하며 썼느냐고? 말인즉, 나도 공짜 로 밥을 얻어먹고 있지 않다는 얘기다. 밥벌이를 위해 날 마다 애쓰면서 나름 머리 쓰며 연구한다.

  내 이름은, 내 체격과 어울리게 뽀또다. 시중에서 파는 뽀또라는 아주 작은 비스킷이 있는데 이 집 딸이 내가 그 만큼 작다고 지어준 이름이다. 품종은 말티푸다. 사람들은 개를 보면 품종을 궁금해하는 고로 미리 말해둔다. 나는 말티즈와 토이푸들의 믹스견이다.
  유감스럽게도 개 공장에서 태어나 생후 4개월쯤 되었을 때 이곳에 왔다. 뭐, 그렇다고 나를 안쓰럽게 바라보지는 마시라. 어엿한 직업이 있는 견공이니 말이다. 나도 그 프 로에 나올 법하지 않은가. 각설하고, 원래 하려던 이야기로 돌아가 보자.

그 전에 개 공장에 대해 말하고 싶다. 사람들은 대부분 예쁘고 작은 개를 선호한다. 그래서 이른바 개 공장에서는 사람들이 선호하는 개만 만들고 있다. 사정이 이렇다 보니 다양한 개체수가 점점 줄어들고 있다.

내가 직업 활동을 하는 이 집은 부부와 남자아이, 여자아이 한 명이 산다. 이 집은 가족회의를 일주일에 한 번 금요일 밤에 연다. 안주인이 전직 교사여서 그런지 학급회의 식으로 회의를 진행한다. 그런데 회의라는 것이 생산적인 결과를 도출하면 좋은데 이 집은 회의하다가 누군가 화를 내는 통에 생산 근처에도 못 가고 비생산적으로 끝나는 경우가 잦다. 주로 화를 내는 사람은 이 집의 가장인 박대범 씨다. 대범이란 이름과 다르게 하는 짓은 소범 소범 하다고나 할까?

회의란 여럿이 모여 의논함, 조금 더 자세하게 설명하자면 어떤 사안에 대하여 의견을 교환하여 바람직한 결과를 끌어내는 행위다. 그러나 나를 고용한 주인집은 의견을 교환하지 않고 일방적인 훈계라 여겨지는 지적질이 태반이라 결말이 그다지 바람직하지는 않다. 회의가 거듭될수록 가족 간 사이만 틀어져서 결국 안주인 마님이 회의를 포기했다.

가족의 화목을 위해 안주인이 노력을 안 한 건 아니다. 신혼 초 마련한 사각 식탁을 원형으로 바꾸면서 말했다.

"이 원탁처럼 우리 가족도 서로 모나지 않게 얼굴 보며 오손도손 살자."

그녀는 식탁을 쓰다듬으며 말했다. 시작은 창대했으나 바람 빠진 풍선 꼴로 끝나 유감이다.

자! 우리 박대범 씨 이야기를 잠깐 더 해보자. 대범 가장은 내가 무슨 발언권이 있다고 나를 자기 오른쪽에 앉힌다. 자리로만 치면 내가 이 집안의 이인자다.

"귀환이! 너 300명 중 250등이 등수냐?"

"귀순이! 너는 앞머리 꼬락서니가 뭐냐? 왜 밤낮없이 왕갈비만 한 구리프를 앞에 말고 있는 거야?"

"당신은 설거지 좀 제때 할 수 없어? 집에 들어오면 시궁창 냄새가 진동해."

"쓴 물건 좀 제자리에 못 놓아두냐? 쓰려고 하면 제자리에 있는 게 하나도 없어."

"신발 좀 제대로 벗고 들어와. 옛날에는 신발이 어지럽게 흩어진 집에 도둑이 먼저 들어갔다.”

회의랍시고 이런 얘기나 하고 있으니, 나하고는 하나도 연관이 없어서 졸면 바로 머리를 얻어맞는다.

“뽀또! 너 몇 살인데 아직도 오줌을 못 가려. 밥값 못 해? 한 번만 더 양탄자에 오줌 누면 내다 버린다!”

어이쿠! 나도 정신을 차리고 귀담아들어야 한다.

내 이름이 뽀또라 다행이다. 이 집 아이들 이름 꼬락서니를 봐라. 이 밝은 세상에 귀환·귀순이라니. 대범 가장에게 내 이름을 맡겼으면 귀순 용사가 되었을지도 모를 일이다. 각설하고, 이제 본론으로 들어가 내 직업에 대하여 말하고자 한다. 제목에 충실하게….

나는 루틴에 따라 움직인다. 6시 기상, 늘어지게 하품 후 두 발을 앞으로 뻗어 기지개를 켠다. 기지개를 켠 후 빙빙 돈다. 그렇게 해야 전신에 피가 돌면서 몸이 유연해진다. 요즘에는 개 헬스장도 있다는데 구경은 못 했다.

이 집 식구들은 안주인 빼고 방콕을 좋아하는지라 난 견문이 좁다. 배우려면 먼저 보아야 하는데 말이다. 나도 헬스장에 가서 보고 배우고 싶다. 산책하러 나가면 어여쁜 소녀 개들을 만난다. 헬스장에 가서 훈련받아 그녀들에게 내 비장근을 자랑하고 싶은데 통 그럴 여건을 만들어 주지 않는다.

그리고 또 하나, 개의 복지에는 통 관심이 없다. 맛없는 사료와 맹물을 주는 정도다. 원, 이러다 성불하겠다. 그나마 오후 불식을 강요하지 않아서 고맙다고 해야 할 판이다.

개 박람회에는 왜 데리고 갔는지, 수서에서 일산 킨텍스까지 나를 데리고 간 적이 있는데 나는 놀라 자빠지는 줄 알았다.

세상에! 개를 위한 물품이 끝도 없이 진열되어 있었다. 개 밥그릇이 그냥 플라스틱인데도 사람용 그릇보다 비쌌다. 비싼 이유를 전문용어로 뭐라 말하던데, 굳이 기억할 필요가 없어서 잊었다. 왜? 우리 주인은 실용적인 사람이어서 절대 그런 그릇에 내 밥을 담아주지 않을 것이기 때문에. 대범 가장 월급 수준인 밥그릇을 나도 원하지 않는다. 사람이, 실례! 개가 분수를 알아야지 분수를 모르면 일찍 죽는 법이다.

건강을 위해 가벼운 운동을 마친 후, 대범 가장에게 다가가 얼굴을 핥는다. 그리고 대범 가장이 기상하면 바로 귀환이와 귀순이 방에 가서 한 여섯 번 멍멍 짖는다. 어느 날은 열 번 넘게 짖어야 일어난다. 아! 빠뜨린 게 있다. 대범 가장은 아침에 일어나 국민체조를 한다. 심지어 나한테도 강요했지만, 지금은 포기하고 혼자 체조를 한다.

내가 말하지 않았던가? 대범 씨는 중학교 체육 교사로 재직 중이다. 그는 모든 학교에 중간 체조 시간을 다시 넣어야 한다고 주장한다. 그런 단체도 하나 만들었다. 일명 '중부연회'란 단체로 '중간 체조 부활 연합회'이다.

사람들은 협회나 연구소를 만들기 좋아한다. 무리를 지어야 힘이 생긴다고 여기는지 강해 보이기 위해서 다른 사람이나 단체의 힘을 업어 오려고 애들을 쓴다. 운동! 국민체조 부활…. 이런 건 알아서 하라고 하자. 몸은 조그만 녀석이 말이 길어 미안하다.

하여튼 가족들 깨우는 것이 내 아침 임무다. 아이들이 등교하기까지 나는 알람 알바로 아침밥을 보장받는다. 하여튼 이 집에서 내가 제일 부지런하다. 대범 가장이 출근하면서 아이들을 학교에 데려다준다.

이때도 방에 처박혀 있으면 안 된다. 바로 뛰어나가 헤어지기 못내 아쉽다는 듯한 표정으로 배웅한다. 그래야 개 키우는 맛이 있지 않겠는가. 개가 아무 하는 일 없이 무위도식하는 게 아니다. 개 팔자가 상팔자라고 쉽게 말하지 마시라.

텔레비전에 문제견의 행동을 교정하는 내용을 방영하는 프로그램이 있다. 사람이란 종족이 보기에 이상한 행동을 하는 개들이 있는데 그런 개들에게 문제가 있는 게 아니고 문제는 사람에게 있다는 것이다. 내 생각은 좀 다르다. 나름 반려견으로서 반려 행동을 보이며 밥값을 하는 것이다.

달리 말하면 반려란 직업인, 아 실례! 반려견으로서 반려인에게 생각거리를 주어서 뇌의 편도체를 활성화시키고 '무엇이 문제일까?'를 계속 궁구하게 함으로써 뇌 측두엽을 긴장시키고 이완시키는 작용을 해주는 일명 반려 행동인 것을 문제견으로 삼아 방송에 출연시키는 것이다. 하기야 방송 관계자도 그렇게 해야 이야깃거리가 생기니까 그러겠지만. 나나 그들이나 밥벌이 업에 종사하고 있으니 너 그렇게 봐주자.

오전 9시부터 안주인은 화장하고 외출한다. 매일 어디를 가는지 거의 날마다 나갔다가 아이들이 돌아오는 오후 5시쯤 집에 들어온다. 그러니까 나는 8시간을 혼자 집에 있는 셈이다. 이것도 내 일이다. 옛날 개처럼 집을 지키는 일은 아니지만, 집에 아무도 없는 것보다 나라도 있는 게 훈김이 나지 않겠는가. 집을 오랫동안 비워두면 금방 티가 나는 법이다.

그리고 반려견도 혼자 있는 시간이 필요하다. 그래야 뇌를 비우고 자기를 성찰하고…. 아닌가? 또 오버 했나? 하여튼 기억해 두시라. 반려견도 혼자 있는 시간과 공간이 필요하다는 것을. 그래도 낮에 애견 카페라도 데리고 나가 바람을 쐬어주면 좋은데 안주인은 나를 애견 카페나 애견 레스토랑에 데리고 가는 법이 없다.

딱 한 번 데리고 간 적이 있는데 나 같은 믹스견은 낄 자리가 없었다. 견주들 족보는 모르겠고 그곳에 온 견들은 족보가 짱짱하였다. 나만 혈통서가 없는 개였는데 우리 안주인 마님께서 카페 방문을 잘못 열고 들어가기까지 했다. 백화점에 VVIP 룸이 따로 있듯 카페도 방마다 각각의 다른 등급이 있었다. 하필 혈통서가 인증된 견들 방에 실수로 들어간 것이다. 심하게 말하면 노숙자가 오성급 호텔 스위트룸에 들어간 격이었다. 회원권도 없이 불쑥 들어간 것이다.

"어머!"

"뭐야?"

"아흐, 냄새!"

귀족 견들이 눈살을 찌푸리며 짖어댔다. 짖는다기보다 거들먹거리며 앓는 소리를 내었다고나 할까? 정상으로 보이지는 않았다.

그 뒤로 안주인 마님은 애견 관련 고급 시설에는 겁을 먹고 가지 않는다. 오후 시간 내내 집을 보며 밥벌이하고 있으면 저녁 시간이 된다. 이때가 내가 가장 바쁜 시간이다.

식구들 한 명 한 명에게 다가가 반갑게 인사하고 애교를 부린다. 내 필살기는 뒷발로 서서 앞발을 기도하듯 모으기다. 혼자 있는 동안 넘어지며 연습하기를 반복한 끝에 얻은 특기다. 사람도 특기가 하나쯤 있어야 밥벌이하듯 나도 이 집에 오자마자 재깍 알아차리고 피나는 연습을 했다.

이런 내 노력을 가상히 여겨 맛있는 간식을 주면 좀 좋은가. 아무 맛도 안 나는 장난감 갈비뼈 말고 진짜 간식을 주기 바란다. 사람으로 치면 최저임금도 못 받고 주휴수당도 없는 셈이다. 개 팔자도 주인 따라 다르다. 그래도 나는 이 가족들이 싫지 않다. 허세 부리지 않고 교만 떨지 않고 반려견에게 유난을 떨지 않아서다. 반려견을 전리품이나 사치품, 또는 애장품으로 대하지 않는다.

시간이 나면 남매가 나를 데리고 산책하러 나간다. 산책하는 일은 나를 위하는 일처럼 보이지만 이것은 사람들 착각이다. 내가 산책을 나가 주는 것이다. 산책하기 싫다고 방구석에 박혀서 안 나오는 견들도 있는데 나는 군말 없이 따라간다. 뭐, 사람들 속담처럼 누이 좋고 매부 좋고, 꿩 먹고 알 먹고 같은 일이다.

산책을 나가면 대개는 나와 같은 견족을 만난다. 그들을 자유롭게 만나게 해주면 좋으련만, 목줄을 죄어서 절대로 만남을 허락하지 않는다. 우리 맘대로 임신과 출산을 할 수 없다. 이미 나는 중성화수술을 받아서 이것도 저것도 아닌 그냥 반려견이다.

그런데도 암컷 개가 더 좋다. 산책길에서 만나는 암컷들도 보아하니 이쪽도 저쪽도 아닌 묘한 존재들이지만 슬프지는 않다. 그러려니 한다. 한편으로는 다행이라고 생각한다. 내가 낳은 자식이 이런 업을 갖기를 바라지 않기 때문에 자식은 없는 편이 깔끔하다. 관찰한 바에 따르면 사람 세상에서는 돈을 많이 벌거나 권력을 쥘 수 있는 자리, 명예가 있다고 여겨지는 업은 부모들이 자식에게 대를 잇기를 강권하는 모양이다. 부귀영화를 대물림하려는 욕심인 듯하다. 우리처럼 아예 유산 상속 제도를 없애면 어떨지….

저녁 일과는 텔레비전을 보는 가족 중 누군가의 품에 안겨 있는 일이다. 내가 다소 시니컬한 면이 있지만 미움을 받는 스타일은 아니라서 가족들은 나를 안고 있기를 좋아한다. 대개는 귀순이가 나를 품에 안고 있다. 텔레비전 보기를 나도 좋아한다.

특히 퓨전사극을 좋아하는데 이해하기 어려운 장면이 있다. 남녀주인공이 옛날 옷을 입고 서로 애틋하게 바라보는 장면이 나오다가 없어지면서 전혀 다른 장면으로 바뀐다. 이를테면 난데없이 요즘 옷을 입고 보리밭을 달리는 남자가 나와 맥주를 마신다거나 드라마에 나오는 여자 배우가 아닌데 갑자기 등장해서 리모컨 같은 것으로 얼굴을 밀면서 "저도 매일 관리받지는 않아요" 같은 엉뚱한 말을 하며 나를 은근히 쳐다본다.

나보고 어쩌라고? 극의 흐름을 끊는 아주 고약한 버릇이다. 개선해주기를 바란다.

텔레비전을 보다 보면 슬슬 잠이 온다. 귀순이가 나를 내 보금자리에 가만히 놓아준다. 오늘 일과가 대과 없이 끝났다. 아주 평범한 일상이다. 그러나 이런 평범한 일상이 거저 주어지지는 않는다.

어찌 되었든 반려란 직업은 개꿀 업이다. 긴 글 읽어주어 고맙다. 개들도 자신이 어떻게 해야 살아남을 수 있는지 눈치가 빠르다는 이야기다. 개나 사람이나 눈치가 있어야 살아남는다.

3

번
째

이
야
기

견(犬)생역전한 그레이하운드

못생긴 건 둘째치고 주제를 모르고 날뛰는 놈, 잘난 체하며 고분고분하지 않은 놈, 암컷만 보면 무조건 꽁무니를 따라다니는 바람기 있는 놈, 아무 데나 똥오줌을 싸는 놈, 시도 때도 없이 목청 자랑하는 놈, 너무 나이 들어 골골거리는 놈… 이런 녀석들은 사절.

곧게 뻗은 다리, 균형 잡힌 몸, 윤기가 자르르 흐르는 털, 조신하면서 우아하고 의젓한 놈, 품위와 품격을 갖춘, 순결한 혈통, 순종 중 순종을 원합니다.

최소 3대 이상 내력이 적힌 족보 딸린 순종으로 가격은 상관하지 않음.

나래 여사님이 위와 같은 요구 사항을 적어서 '견타벅스' 분양업소 소장에게 내밀었다. 소장은 편의점만큼이나 들어서는 스타벅스처럼 분양업계 문어발을 꿈꾸며 견타벅

스라고 업체명을 지었다고 한다.

그녀는 예전에는 결혼 중매업에 종사했으나 결혼하려는 이들이 내거는, 욕심만 가득한 요구 조건에 질려서 동물 분양업체를 차렸는데 요즘 후회가 막심하다고 한다. 분양받은 개가 마음에 들지 않는다며 하루에 세 번씩이나 마음에 안 드는 옷 바꾸러 오듯, 들락날락하는 사람도 있다고 하니 진저리가 날 만도 하겠다.

"이런, 이런! 사람 중매보다 어렵겠는데요."

소장은 우리 나래 여사님이 내민 깐깐한 분양 조건을 보더니, 한숨을 길게 내쉬었다. 그녀는 목이 어디 있는지 모를 정도로 머리와 어깨가 붙어있어서 마치 어깨에 머리를 얹어놓은 모습을 하고 있었다. 그런데도 그녀는 결혼 중매 업계에서 타의 추종을 불허할 업적을 남겼다고 한다.

하긴, 뭐, 목 짧은 것과 능력이 무슨 상관이 있겠는가? 개가 봐도 조금 우스꽝스러워서 언급했다. 사실 내가 남 말할 처지는 아니다. 훗날 내 여주인이 된 나래 여사의 목이나 소장의 목이나 오십보백보였으니까. 우리 여주인은 가끔 나를 쓰다듬으며 말한다.

"아마도 나한테는 단두대에서 죽은 조상이 있었나 봐. 내 목이 이렇게 짧은 걸 보면. 나는 목이 긴 사람이 너무 부럽다. 학교 때 배운 시 중 '모가지가 길어서 슬픈 짐승이여!'라는 — 지금은 제목도 지은이도 기억나지 않는데 — 그 대목이 너무 좋았어. 슬플지라도 난 목이 긴 게 좋아."

우리 나래 여사는 소장에게 자신이 원하는 개를 꼭 찾아주길 다시 한번 강조했다.

"열심히, 최선을 다해, 끈기 있게, 포기하지 말고 찾아봐 주세요. 사실 저는 그동안 각양각색의 가지가지 단점을 지닌 개들을 죄다 키워봤답니다. 이젠 넌덜머리가 납니다. 이번에는 정말 단점 없는, 완벽한, 멋진 순종을 원합니다. 그런 개가 없다면 차라리 쥐를 키우는 편을 택할래요."

"오! 사실을 말씀드리자면 이런 조건을 가진 완벽한 개는 본 적이 없어서…. 쥐라면 한두 마리 정도는 후딱 구해다 드릴 수 있습니다만, 쥐에게도 조건이 있지 않다면요. 뭐 쥐처럼 생기면 안 된다든지…."

"호호호! 소장님이 농담도 잘하시는군요. 하여튼 소장님만 믿을게요. 포기하지만 않으시면 가능한 일 아니겠어요? 제 별명이 정석가입니다. 어떤 상황이든 기다립니다. 구운 밤을 심어 싹이 나고 자랄 때까지. 소장님! 인내! 하면 나래, 나래! 하면 인내입니다. 조건에 부합되는 완벽한 개를 찾으시면 바로 연락주세요. 액수는 전혀 개의치 마시고요."

  며칠이 지나도 소장에게 연락이 없자 우리 여주인은 다시 견타벅스를 찾았다. 소장은 매우 지쳐 보였다. 봄인 줄 알고 나왔는데 아직도 추운 겨울 한가운데서 살아가야 하는 곰 같은 모습을 하고 있었다. 그녀가 입은 퍼 소재 옷은 어깨 위로 올라와 그렇지 않아도 없는 목을 눌러 숨겨버린 듯 답답해 보였다.

  "제 조건에 부합되는, 티끌 하나 없는 완벽한 개를 좀 찾아보셨나요?"

  "그게 우리 순종관에 새로운 명품 견은 아직 들어오지 않아서…. 해외까지 찾아보고 있지만 쉽지 않군요."

  "소장님! 포기하지 말고 힘내세요. 성공하려면 포기하지 않는 정신이 주춧돌이 되어야 합니다."

  앗! 내가 깜빡 잊고 말하지 않았다. 우리 주인 나래 여사님은 자기 계발 전문가로 활동하고 있다. 내가 여사님이라고 부르지만 나래 님은 싱글이다.

  하지만 싱글의 신선하고 상쾌함과는 조금 거리가 먼 아줌마의 특성을 골고루 갖추고 있다. 낮 가리지 않고, 모르

는 것 빼고 다 아는 체하는, 오지랖 넓은, 세상일 중요한 것
도 없고 세상일 모두 중요하다고 여기는, 종잡을 수 없는,
넉살 좋은…. 그 외 기타 등등의 줌마 특성을 빠짐없이 갖
추고 있어서 여사님이라 칭하고 있다. 그뿐인가! 우리 여
사님은 거의 매일 주옥같은 말을 페이스북, 인스타그램, 틱
톡, 트위터, 긱톡, 네이버 등에 올린다. 유튜브는 당연히 주
무대로 활동하고 있다.

우리의 나래 여사님은 결코 실망하는 법이 없다. 실망하
고 포기하면 자기 계발 전문 강사가 될 수 없으니까. 그럴
지언정 견타벅스에 요구서를 전달한 지 석 달이 지나고부
터는 우리의 나래 여사님도 살짝 지쳤다고 한다. 그리고
훗날 나에게 말했다.

"이때쯤은 다 포기하고 그냥 말하는 앵무새나 기를까 했
지. 목이 짧으면 유난히 더 덥단다. 그래서 아이고나! 개 따
위, 싫었지. 목을 늘리는 성형 수술은 없더라. '숨어있는 목
찾기' 이벤트 PT도 받아보았지만, 소용이 없더구나. 아, 내
목은 어디에 그렇게 꼭꼭 숨었는지…. 우울증이 왔지. 내
짧은 목이 너무 싫었다. 롱넥족(Long neck Tribe)이 긴 목을
갖기 위해 링을 겹겹이 목에다 걸치잖니? 나도 그렇게 하
고 잠이 들었다가 숨 막혀 죽을 뻔한 적도 있단다. 목이 있

는 사람들은 이 답답함을 모를 거야. 우울함이 극에 달할 때쯤 네가 내 눈앞에 나타났어. 기적처럼. 넌 완벽했어."

내가 완벽하다니? 내가 말 못 하는 짐승이라 해도 우리 여주인님께 일러드리고 싶다.

"완벽이라니요. 세상 자체가 완벽하지 못한데 어찌 완벽한 무엇이라 칭할 게 있을까요?"

나는 순종 개 심사에서 몇 번이나 탈락한 그레이하운드다. 순종에 집착하는 전 주인은 한눈에 봐도 내가 순종이 아니라는 것을 알 텐데도 순종 확인을 하러 다녔다. 당연히 순종이 아니라고 판명이 났어도 믿지 않더니 외국 개는 믿을 수 없다며, 진돗개로 품종을 바꾸어 순종 검사를 계속하였다.

덕분에 나는 떠돌이 신세가 되었다. 처음에는 친척 집에 맡겨졌다. 그 뒤로는 이집 저집 옮겨 다니다가 견타벅스까지 흘러들어왔으나 누구도 나를 입양하고 싶어 하지 않았다. 사람들은 나를 보면 훗! 혹은 하하하! 웃음을 터뜨리기 일쑤였다.

"이게 그레이하운드 맞아요?"

이런 물음과 함께. 여기 있는 개들조차 나를 피했다. 그들 눈에도 내가 매력이 없어 보였나 보다. 그런 연유로 나는 스스로 차츰 구석으로 옮겨 앉았다.

　견타벅스 분양소는 크게 네 구역으로 나누어져 있다.
　품종 불문하고 순종으로 제일 비싼 개가 있는 별 다섯 개 호텔 구역, 믹스견이지만 용모가 뛰어난 개들이 있는 별 세 개 구역 그리고 그냥저냥 고객들 주머니 사정을 고려하여 적당히 키우기 좋은 개들이 있는 구역인데 식당으로 치면 분식집 같은 곳이라고나 할까? 늘 붐비는 구역이다. 마지막은 소장이 분양소를 홍보하기 위해 만든 구역으로 유기견을 몇 마리 데려다 놓고 무료 분양하는 곳으로 명칭은 '은혜관'이다. 의외로 사람들은 은혜를 받으러 오지 않는다.
　순종 개가 있는 구역은 입장료를 내야 들어갈 수 있다. 입장료는 그냥저냥 개들 분양가보다 세 배는 더 비싸다. 물론 우리의 나래 여사님도 비싼 입장료를 내고 순종관에 몇 번이나 입장하셨다. 여사님은 다른 관에는 아예 관심을 갖지 않았는데 그날은 어인 일로 은혜관으로 발길을 돌렸다. 개들이 관심을 끌려고 짖기 시작했지만, 나는 그러거나 말거나 구석에서 고개를 묻고 앉아 있었다. 나래 님은 은혜관 끝까지 왔다가 걸음을 멈추고 훈련 교관에게 물었다.

"아니, 그레이하운드를 누가 버렸을까요?"

"쉿! 개가 들어요. 그렇지 않아도 버려졌다는 상실감에 우울증을 앓고 있어요."

나래 여사는 훈련사 말을 듣고 미안했는지 말했다.

"미안! 그레이하운드."

"저 아이 이름은 사슴입니다."

"왜 개에게 사슴이란 이름을?"

"정식 이름은 아니고요. 사슴처럼 목이 길어서요."

그 말을 들은 나래 님은 나를 억지로 일으켜 세웠다. 나래 여사는 나를 보고도 다른 사람처럼 훗, 웃지 않았다. 목은 다른 그레이하운드보다 두 배쯤 길고 다리는 닥스훈트처럼 짧은, 제멋대로인 내 몸을 보고도 웃지 않았다. 나는 단박에 나래 여사가 마음에 들었다. 그녀도 나와 같았다. 나래 여사는 그 길로 소장을 찾아가 나를 입양하겠다는 뜻을 전했다.

"여기저기 떠돌아다닌 근본 없는 떠돌이 개일 뿐입니다. 교육받은 적 없는 무학자고요. 생긴 모습 때문에 버려진 개입니다. 개나 사람이나 외모가 무지무지 중요하잖아요. 품위에 어울리는 반려견을 키우셔야 하지 않겠어요?"

비싼 순종 개를 사겠다는 고객을 놓칠세라 소장은 내가 들었으면 분명히 상처가 될 말을 아무렇지 않게 쏟아내었지만, 우리 주인은 단호하게 나를 원한다고 선을 그었다. 이런 과정을 통해 나는 나래 여사 집으로 오게 되었다. 나래 여사가 모든 조건을 포기하고 나를 데려온 이유는 단 하나다. 내 목이 길어서이다. 목에 한이 맺힌 그녀는 사슴처럼 긴 목을 가진 나를 보는 순간, 갓 뽑은 가래떡이 늘어나듯 목이 주욱, 늘어나는 듯 시원했다고 한다.

　나는 겁나게 인기 많은 인플루언서(influencer)가 되었다. 나래 여사가 언젠가 목이 길어지면 하려고 모아둔 진주목걸이를 내 목에 걸어주고 사진을 올렸는데 이게 조회수가 엄청나게 나왔다.
　자기 계발 글을 몇 년간 올렸어도 반응이 없었는데, 조회수가 폭발적으로 늘면서 구독자들이 너도나도 목걸이를 보내기 시작했다. 우리 주인은 답례로 목걸이를 걸고 있는 내 사진을 연일 올리게 되었고, 올리자마자 댓글 수천 개가 달리면서 나는 일약 반려견 계의 라이징 스타가 되었다. 심지어 어떤 분은 이집트 여왕이 걸었을 법한, 내 긴 목을 전부 커버하는 찬란한 순금 목걸이를 보내왔다.

나는 목걸이 모델로 활약 중이다. 개로서는 처음으로 모델 업계 선두 주자가 되었다. 덕분에 우리 주인은 자기 계발 분야에서도 강의 요청이 쇄도하고 있다. 주인과 함께 나는 나래를 활짝 폈다. 장점보다 단점을 어필한 덕이다.

"구독자 여러분 고마워요."

유튜브 명은 '견생역전'으로 내 이름이기도 하다. 사슴 모가지는 내 애칭이다.

"글이 도움이 되셨다면 구독! 좋아요! 눌러주세요."

4

번
째

이
야
기

네 번째 이야기

「개식용종식법」에 대한 푸들 생각

2024년 1월 9일 국회는 「개의 식용 목적의 사육·도살 및 유통 등 종식에 관한 특별법」 제정안을 의결했다고 한다. 이로부터 3년 후인 2027년부터는 식용을 목적으로 개를 도살하면 3년 이하 징역에 처하거나 3,000만 원 이하의 벌금에 처하고, 사육·증식·유통하면 2년 이하 징역이나 2,000만 원 이하의 벌금에 처하게 된다는 기사를 정의로운 시민인 우리 해리 님이 나를 바르게 앉혀놓고 읽어주었다.

뭐, 사실 나는 그렇게 정의로운 개는 아니다. 세상일에 관심 없다. 나라에 큰일이 터진 날, 아랑곳하지 않고 골프를 치거나, 키우는 반려견에게 명품 옷을 입혀 반려견과 환하게 웃고 있는 사진을 여러 장 SNS에 올리는 사람들처럼 개념 없지는 않지만, 해리 님처럼 투사 정신을 가지고 있지는 않다. 해리 님은 동물은 물론 불평등한 취급을 당하는 사람이 있으면 달려가서 그들의 처지를 대변하고 널리 알려 불평등을 해소하기 위해 고심한다.

유기견보호소에서 봉사하는 건 기본이다. 해리 님은 봉사라는 말도 싫어한다. 국어사전에 봉사의 뜻풀이가 '국가나 사회 또는 남을 위하여 자신을 돌보지 아니하고 힘을 바쳐 애씀'이라고 되어 있다고 하는데 해리 님은 자신을 돌보지 않고 봉사를 하는 사람도 아니고, 자신이 할 수 있는 선에서 스스로 원해서 하는 행동이라는 것이다. 자원봉사자는 라틴어 Voluntas(자유의지)에서 유래했듯 자발적이고 대가를 바라지 않는 행위일 뿐, 국어사전 뜻풀이는 과분하다는 것이다.

해리 님은 동물을 그리는 일러스트 작가이면서 글을 쓰는 작가다. 《100만 번 산 고양이》를 쓴 사노 요코 같은 작가가 되는 게 꿈이다. 혜리 님이 처음 쓴 '친애하는 푸들'은 K 문고 베스트셀러에 오르기도 했다. 물론 책에 나오는 푸들은 나를 모델로 그렸다. 내가 봐도 꽤 그럴싸하게 생겼다. 겸손 따위는 떨고 싶지 않다. 나는 팩트만 말하는 푸들이다. 그러고 보면 해리 님과 나는 조금 닮은 구석이 있다.

해리 님은 사회적인 이슈에 목소리를 내느라 요즘에는 동화를 쓰지 못하고 있다. 프랑스 배우인 브리지트 바르도(Brigitte Anne Marie Bardot)가 배우를 그만두고 동물 권익 운동가가 되었듯 우리 해리 님도 일찍 그림과 글쓰기를 그만둘까 봐 걱정된다. 브리지트 바르도인가 하는 그 배우가 우리나라 사람에게 대놓고, 개를 식용하는 야만인이라고 비하하는 발언을 해서 한때 논란이 된 적이 있었다. 어쨌거나 그 배우도 개 식용 문화가 사라지게 하는 데 희미하게나마 일조했다고 본다.

해리 님은 강아지 그림으로 인사동에서 전시회를 열기도 하였다. 전시회를 찾은 사람들이 환하게 웃는 모습을 보며 해리 님이 우리를 계속 그려주었으면 싶었다. 물론 행복한 개만 그리지는 않았다. 떠돌이 개, 학대받는 개도 그렸다. 사람들의 각성을 촉구하는 그림을 해리 님 아니면 또 누가 그릴 것인가?

해리 님 칭찬을 한 번 더하고 넘어가자. 해리 님은 나를 도그 레스토랑이나 오직 반려견만을 위한 오마카세 식당에 데려가지 않는다. 수백만 원을 호가하는 브랜드 패션을 입히지도 않는다. 그런 돈이 있으면 유기견을 한 마리 더 입양해서 안락사를 막아야 한다는 입장이다. 나도 적극 동조하는 바이다.

이야기가 길어졌다. 본론으로 들어가자. 물론 나는 개 식용에 반대한다. 늦게나마 이런 법이 제정되어 개 일족으로서 환영하는 바이지만, 다른 동물들한테 미안하다. 아무리 우리 동족이 휴먼급으로 업그레이드되었다고는 하지만, 개를 위한 마트에 가 보면 개 먹이로 사용하지 않는 고기가 없다. 소고기와 돼지고기는 물론 닭고기, 오리고기, 양고기 심지어 바닷속 생선에 사람들도 잘 먹지 않는 양미리까지 가공되어 반려견 먹이로 판매되고 있다.

다른 동물 입장에서 보면 이만저만 불평등이 아니다. 인간들이 오만 조리법으로 자기들을 조리해 먹고 있는데 이제는 개 먹이로까지 똑같이 제공되고 있으니 개 이외의 동물들은 억울하지 않겠는가.

개를 식용으로 하는 나라는 전 세계적으로 몇 나라 되지 않는다. 중국, 베트남, 필리핀, 인도 그리고 아프리카 일부 지역 정도이다. 유럽에서는 스위스가 있는데 아펜젤과 갈렌 같은 지방에서는 소금에 절인 개고기가 지역을 대표하는 음식이라고 한다. 중국을 비롯해 대량으로 개를 식용하고 있는 나라는 베트남이다. 그런 베트남에서도 식용 반대 의견이 나오고 있다고 하니 개 식용 반대는 국제적인 추세라고 할 수 있다.

반면 개 식용을 찬성하는 데는 여러 이유가 있는데 하마터면 나도 동감을 표시할 뻔했다. 먹는 것은 본인 기호에 맡기자는 의견이다. 한때 간통죄 폐지 논란이 시끄러울 때, 본인 아랫도리를 어떻게 쓰든 본인에게 맡길 일이지 법이 거기까지 관여하지 말자는 의견이 있었다. 개 식용 문제에서도 본인들 입맛에 맡길 일이지 왜 국가가 나서서 규제하느냐, 시장 논리에 맡겨라, 개 식용 금지론자들이 많아지면 자연스레 식용하는 자가 줄게 될 것이고 업소도 사라질 텐데 세금 축내며 국가가 북 치고 장구 칠 일이냐는 의견도 있다.

개 식용 반대론자들 의견은 가족같이 키우는 반려견을 어떻게 식용하느냐는 것. 하기는 반려견이 이미 종을 초월하여 사람을 부모로 둔 데다 팔자에 없던 언니, 오빠, 삼촌이 생겼으니 개를 식용으로 한다는 건 끔찍하긴 하다. 개 식용에 관한 찬반 논쟁은 법이 제정되었어도 계속되고 있다. 이제 논쟁을 그만두시라. 무려 일만 오천 년 전부터 사람들이 살아남을 수 있도록 사냥에 도움을 주고 경비를 서주고 친구로 때론 동반자로 지내 온 데 대해 공로상을 수여한 것이라고 본다.

물론 「개식용종식법」이 적용되면 복잡한 문제가 발생한다. 이를테면 식육 농장에서 갑자기 풀려날 개들을 어디에 보호할 것인가. 개 농장 업주에 대한 보상 정책, 보신탕 음식점 업자들의 타업종 이행 정책…. 이런 문제는 푸들의 뇌 영역을 초과하는 문제인지라 사람들이 현명하게 풀어나가기를 바란다. 우리보다 몇 배나 뇌 용량이 크다는데 머리 두었다 어디에 쓸 건가, 적극 활용하시라. 여기까지 쓰는 것만도 푸들 영역을 초과해서 몸이 푸들푸들 떨리고 있다. 이해해 주시길.

5

번
째   이
     야
     기

신의 손에 성형 수술 당한 개

눈을 떴다. 여기가 어디지? 어지럽다. 다시 눈을 감았다. 속이 메슥거린다. 내 머릿속에 누가 계속 동그라미를 연속적으로 그리며 낙서하는 듯한 기분이 든다. 어앙, 어우! 울음도 신음도 아닌 애처로운 소리가 입에서 샌다. 몸을 움직일 수 없다. 움직이지 못하도록 사지를 묶어놓았다. 목에는 목걸이도 아닌 이상한 걸 걸어 놓았다. 손이 얼굴에 닿지 않게 차단한 넥카라다.

"오우, 우리 아기 깼어? 그래! 착하지. 만지면 안 돼. 저번에 네가 만지는 바람에 코가 비틀어져서…. 하나타도 알지?"

아! 생각났다. 팽 여사가 또 나를 여기 데려온 것이다.

"하나타! 사랑해. 아프지 않을 거야. 의사 선생님이 한 시간이면 끝난대. Don't worry, my baby!"

나에게 입맞춤까지 하고 팽 여사가 나간 뒤였다.

"자, 우리 아기, 하나타 상! 이제 눈이 감길 거야. 걱정은 금물! 은물! 똥~물! 아니, 동물! 맞지?"

의사가 재미있는 농담이라고 들려준 말도 생각난다. 간호사가 큭, 웃었던 것도 기억난다. 긴장을 완화해 주는 배려의 말처럼 들리지 않았다. 조롱당하고 무시당한 기분이 들었다. 팽 여사에게는 고난도 수술이라고 고액의 수술료를 받았을 테고 수술 후 묵을 호텔도 스위트홈 정도는 해 줘야 비싼 개에 어울린다며, 설레발을 쳤을 것이다.

그는 수의사이지만 개를 썩 좋아하지 않는다. 어쩔 수 없이 수의사가 되었다. 그런데도 수술을 잘한다는 소문이 퍼져 예약이 밀려있다. 수의사 이름은 박한결이다. 그는 이름처럼 한결같이 개 성형 수술만 한다. 일반 진료는 하지 않는다. 수술비도 부르는 게 값이다.

그는 자기가 한 수술 중 최고는 판다 수술이라고 자랑한다. 판다를 수술한 게 아니고 판다를 좋아하는 반려견 주인의 요구에 따라 판다처럼 눈을 만들어 주고, 판다처럼 코를 만들어 주었다. 물론 귀도 동그랗게 만들어 주었다.

그걸 인스타그램에 올렸는데 그 뒤로 유명해졌다. 악플도 많이 달렸지만, 그는 개의치 않았다.

- 판다를 키우지, 개를 판다처럼 만든다고?
- 니 얼굴이나 판다로 만들어라
- 에이, 개만도 못한…
- 판다 우리에서 살아라. 애먼 개 괴롭히지 말고

이보다 더한 악플도 달렸지만 개 성형에 중독된 주인들은 다음과 같은 댓글에 열광하여 앞다투어 병원문을 두드리기 시작했다.

- 의사가 솜씨 하난 끝내주는구나. 개가 진짜 판다처럼 생겼네.

박한결 수의사는 반려견을 키우지 않는다. 혼자 즐기고 살기에도 시간이 없는데 귀한 시간을 왜 개 시중을 들며 낭비하냐는 주의다. 처음에 그는 임대료가 싼 15층 꼭대기에서 개업했다. 그러다 고객들이 늘기 시작하면서 차츰 아래층으로 이동했다. 그러더니 판다 수술로 이름을 떨치게 되면서부터 얼마 지나지 않아 그 빌딩을 매입했다.

판다 성형 후 사람들은 온갖 사진을 들고 와서 자기 반려견을 사진처럼 해달라고 졸랐다. 이를테면 기린이나 부엉이, 심지어 뱀같이 보이게 해달라고 요구하는 이들도 있었다. 개 혀를 뱀 혀처럼 길게 말릴 수 있게 해달라고 해도 우리의 박한결 수의사는 이런 요구를 거절하는 법 없이 한결같이 고객의 요구에 맞춰 수술해 주었다.

그의 인스타그램에 올라온 수술 전과 수술 후 사진들은 국내를 넘어 전 세계에 폭발적인 반응을 일으켰다. 딱 한 번, 한결 수의사가 거절하지 않고 권유한 적은 있었다. 개 얼굴을 쥐처럼 보이게 해 달라는 요구였다.

"그냥 쥐를 한 마리 키우시면 어떨까요?"

주인의 말이 더 가관이었다. 자기 집에 엄청 비싼 뱅갈 고양이를 한 마리 키우는데, 고양이가 요즘 우울증에 걸려 내로라하는 정신과 치료를 대부분 받아보았지만, 효과가 없었다고 한다. 그러다 이름만 대면 다 아는 박사를 찾게 되었다. 박사는 다음과 같은 처방을 내렸다.

"이 금쪽이가 우울증에 걸린 건 맞습니다. 삶의 변화가 필요합니다. 이 금쪽이의 유전자에는 삶의 싱싱한 사냥 본능이 여전히 남아 있습니다. 그걸 억누르며 공주처럼 시중만 받다 보니 모든 게 시들해진 거죠. 쥐를 집 안에 풀어놓는 방법을 추천하는 바입니다."

이렇게 긴 진단을 받은 끝에, 주인은 집 앞 마트에 다녀올 딱 그만큼 고민하다가 집구석에, 눈에 뜨이지 않는 구석에 데리고 있는 유기견 우리에서 (유기견을 데려다 놓은 이유는 노블레스 오블리주를 실천하여 빈자들에게 본을 보여야 한다는 고상한 가치관에서 비롯되었다. 아, 누구도 그 아줌마에게 그딴 걸 실천하며 살라고 주문하지도 않았는데 자기 정도면 그런 것쯤 실천하고 살아야 한다는 부담감을 가진 끝에 유기견 우리를 설치했다나 어쨌다나) 적당한 한 녀석을 발견하기에 이른다.

몸집이 작은 흑갈색 치와와였다. 쥐 얼굴로 바꾸면 뱅갈 고양이에게 안성맞춤이다 싶어 데리고 온 것이다. 쥐처럼 얼굴을 바꾸고 꼬리도 길게 이어주고 가능하다면 발톱도 쥐처럼 보이게 해달라는 어처구니없는 주문이 이어졌다.

박한결 의사는 사연을 듣고, 노블레스 오블리주를 실천하면서 유기견을 보호하는 아줌마의 요구에 응했다.

"오호! 그런 요구라면 무슨 문제가 있겠습니까? 신이 내린 손, 제가 완벽하게 처리해 드리지요. 단, '쥐처럼 성형'은 판다보다 섬세한 수술 과정을 거쳐야 해서 최고로 비싼 뱅갈 고양이 구입 가격보다 비쌉니다."

노블레스 오블리주를 실천하면서 유기견을 보호하는 부

인은 살짝 눈썹을 찡그렸다가 이내 폈다. 그리고 말했다.

"아유! 이 대목에서 그깟 돈 몇 푼을…. 아이, 민망하다. 선생니임! 제 금고는 선생님께 활짝 열려있습니다. 선생님만 믿습니다."

사이비 교주에게 믿음을 바치듯 '믿'에 힘을 주며 의사의 어깨를 가볍게 쳤다. 그리하여 쥐 얼굴을 한 개가 세상에 나타났다. 앞으로 이 쥐 개가 겪어야 할 가시밭길에 대해서는 누구도 신경 쓰지 않았다. 자신들만 가시밭길을 걷지 않으면 되는 거지, 누가 걷던 그들에게 시선을 주는 것조차 눈을 버린다고 여기는 부류였다.

뱅갈 고양이로 말하자면 '악마가 키우다 버린 개'라는 별명이 있을 정도로 고약한 동물이다. 한 마디 더 덧붙인다면, 절대 만족을 모르는 고양이 1위에 오른다고 해도 과언이 아니다. 이 뱅갈 고양이 앞에 쥐 모양을 한 조그만 치와와가 놓인다면? 끔찍해서 생각하기도 싫다.

자! 살쾡이 같은 뱅갈 고양이 따위는 잊고, 다시 성형으로 돌아가자. 사람들은 처음에는 동물 사진을 들고 오더니 얼마 전부터는 이름난 배우나 가수의 얼굴 사진을 들고 왔다. 개 얼굴을 자기가 좋아하는 달걀형 미인의 전형이라

일컬어지는 Y의 얼굴로 바꿔 달라는 주문에서부터 "우리 아이 코를 유명한 피겨 선수였던 누구처럼 해 주세요." "우리 아이 다리가 무다리처럼 날씬하지 않으니, J처럼 길고 날씬하게 해주세요." "입이 너무 커서 헤퍼 보이니 연예인 H처럼 벌어질 듯 말 듯, 섹시한 입술로 만들어 주세요." 등 정말 가관인 요구들이 이어졌다.

그래도 우리의 한결 수의사는 한결같이 그들의 요구대로 성형해 주었다. 한결 수의사 덕에 연예인과 가수를 닮은 개가 인스타그램에서 스타로 등극했다. 제일 조회수가 많은 개는 의외로 W 씨를 닮은 개였다. 추남 연예인을 비슷하게 닮은 개로 오히려 미남미녀 연예인을 닮은 개보다 인기가 많았다.

귀가 퍼진 만두 같아서 포인터 귀처럼 쫑긋 서게 하는 수술, 입가 주름 제거, 하안검이나 상안검, 보조개 수술은 수술에도 들어가지 않았다. 고객들은 유행에도 민감하여 한때는 개의 귀를 크고 동그랗게 만들어 달라고 병원 문턱이 닳도록 찾아왔다.

개에게 다른 부위의 살을 떼서 이어 붙여 귀를 동그랗게 만드는 수술은, 어떤 성형보다 고통이 컸다. 고객들은 개가 귀엽게 보인다는 이유 하나로 수술을 받으러 줄줄이 찾아왔다. 의사나 고객이나 개가 당할 고통에는 관심이 없었다. 별난 수술을 해달라고 조르는 고객도 있었다. 고환 모양이 짝짝이라 순종으로서의 품격이 떨어진다며, 그것들을 꺼내 무게며 크기를 딱 맞춰달라는 사람까지 있었다. 사람들은 개 성형에 제정신이 아닌 듯 집착했다.

일본에서도 유럽에서도 아랍권에서도 고객들이 찾아왔다. 개를 있는 그대로 인정하지 않고 어떻게든 자기들 취향에 맞추어 노예처럼 소유하려는 이들의 발길로 병원은 북적였다. 그 와중에 제자가 되겠다는 이들까지 줄을 이었다. 어떤 수의사는 거절당하자, 무릎을 꿇고 제발 비법을 전수해 달라고 읍소했다. 그러나 그의 기술은 가르친다고 따라 할 수 있는 수준이 아니었다.

그는 개의 얼굴에 그림을 그리듯 고객 주문에 따라 형상을 만들어냈다. '신의 손'이라 불릴 만했다. 의사 수 증원에 결사적으로 반대하던 일부는 개 성형외과를 의과대학에 개설해야 한다고 주장하였다. 또한 수의사 영역에서 사람 영역으로 과를 옮겨 개 성형에 필요한 의사 수를 늘리는 데 찬성한다며, 엄숙한 표정으로 성명을 발표하기도 하였다.

원래 한결 수의사는 인스타그램에 플렉스하는 재미로 살았으나 이제 그럴 시간도 없고, 돈이 겁이 날 정도로 많아지니 그런 행위도 의미가 없어졌다. 그는 이제 자기 솜씨에 취해 자신이 어디까지 성형을 해낼 수 있는지 알고 싶어 했다. 신이라고 해도 자기 솜씨를 따라올 수 없을 거라는 자만심에 빠져 메스를 휘둘렀다. 간호사들이 그의 이상한 행동을 감지한 그날은 추적추적 비가 내리고 있었다.

눈과 코가 정확한 역삼각형이어야 한다, 코가 눈보다 무조건 커야 한다, 꼬리가 등 쪽으로 돌돌 말아 올라가야 한다, 털은 항상 귀를 덮어야 한다. 순종 비숑 프리제의 특징이다. 글의 서두에 등장했던 개가 바로 나, 비숑 프리제 순종이다. 이름은 '하나타'다. 주인 팽 여사는 백 프로 한국 토종인데 일본 이름을 좋아한다. 어감이 좋단다. 팽 여사는 본인 이름도 '미쯔코'로 개명했지만, 누구도 그녀를 미쯔코라고 부르지 않는다. 여전히 일본을 드나들며 보따리상을 할 때 불리던 이름인 팽 여사로 불린다. 여전히 목소리 크고 사투리도 억센데 나, 하나타에게는 솜사탕처럼 군다.

팽 여사는 부산에서 밤새 배를 타고 오사카에 내려 일본 물건을 사고, 다음 날 또 밤새 배를 타고 부산에 도착해 물건을 주문한 매장이나 개인에게 전달하는 일을 하였다. 이른바 해외 직구를 몸으로 직접 해주는, 발로 뛰는 구매대행 서비스를 30년이나 하였다. 그 일을 꾸준히 한 결과 꼬마빌딩을 사들였고 지금은 임대 수익으로 편히 산다.

평생 바쁘게 살다가 하는 일이 없다 보니 팽 여사는 우울증에 걸렸다. 사람들은 걸핏하면 우울증에 걸려 넘어진다. 내가 사람을 이해 못 하는 다섯 가지 중 하나다. 이 글 주제가 아니니까 다른 네 가지는 여기서는 언급하지 않겠다. 하여튼, 신경 쓸 일을 찾아보라는 주변 사람들의 권유에 따라 시작한 일이 순종 모으기였다. 팽 여사는 자식도 없고 남편도 없이 혼자 살다 보니 집착이 점점 심해져서 순종 중의 순종만 고집하게 되었다.

순종의 특징에서 조금이라도 어긋나면 어김없이 한결 의사에게 데려와 한 치의 빈틈도 없이 고쳐서 데려갔다. 그녀는 그것밖에 자랑할 게 없는 사람이었다. 정삼각형이나 역삼각형이 세상에 있는지도 몰랐던 팽 여사는 삼각형에 집착하게 되었고, 덕분에 나는 성형 수술을 두 번이나 하는 신세가 되었다. 처음에는 눈과 코가 역삼각형이 아니라서 수술했고, 두 번째는 기껏 맞추어 놓은 역삼각형을 내가 건드려서 다시 수술하게 되었다. 오른쪽 옆으로 0.2밀리미터 밀렸다고 해서 이번에는 그 0.2밀리미터를 왼쪽으로 보내는 수술을 하게 된 것이다. 아마 한결 의사가 한 정상적인 수술로서는 내가 마지막이었을 것이다. 정상인 주인이 결정하여 정상인 수의사가 했다는 가정하에 말이다.

수술실 옆에는 '한결 아틀리에'란 팻말이 걸린 방이 있다. 사면 벽은 이제까지 수술한 개들 사진으로 빼곡히 채워져 있다. 사면도 모자라 바닥과 천장에도 개 사진이 붙어 있다.

한결 의사는 이 공간도 모자라 조만간 15층 전체를 갤러리로 꾸미려는 계획이 있다. 그는 집에도 가지 않고 방에 접이식 침대를 가져다 놓고 생활한다. 누구를 만나지도 않고 수술만 하며, 수술 후에는 이 방에서 개 사진을 보며 지낸다. 그리고 가끔 히죽히죽 혼자 웃기도 한다.

어머니가 옷가지와 반찬을 일주일에 한 번씩 가져다주지만, 그는 점차 밥을 거르고 옷도 갈아입지 않게 되었다. 간호사들이 먼저 알아채고 코를 살짝 돌리면, "왜? 무슨 냄새가 나나?"라며 소매에 코를 대본 뒤, 겨드랑이 냄새를 맡는다. 그리고 장난기 가득한 개구쟁이처럼 말하며 웃었다.

"아무 냄새도 안 나. 컹컹! 왕왕! 한 번만 더 코를 돌리면 물어버릴 거야. 크르릉 왕!"

그는 언젠가부터 말끝이나 중간에 개 울음소리를 넣었다. 간호사들은 당연히 장난으로 받아들였다. 평소에 우스갯소리도 잘하고 장난도 잘 치는 터라 장난이 조금 지나치다고, 그 정도로 생각했다. 그러나 그는 고객들과 상담하면서도 중간중간 개 울음을 섞어 이야기하게 되었다.

어느 노부인이 찾아와 자기 개에게서 제임스 딘의 반항적이면서도 매력적인 표정을 보고 싶다고 하자 그는 이렇게 말했다.

"제임스 딘이라? 멍멍! 그게 누군지 모르지만 멍! 사진만 보면 바로 만들지요. 멍멍! 그럼 부인 얼굴은 멍! 이 개 얼굴로 바꿔드려요? 멍멍!"

노부인은 놀라서 말도 못 하고 벌벌 떨며 일어나 간호사의 부축을 받고 간신히 밖으로 나갔다.

이런 일이 몇 번 반복되자 괴소문이 난무하기 시작하였다. 한결 수의사가 자기 어머니 얼굴을 개 형상으로 만들어 집 안에 감금시켰다는 소문이 나돌았다. 물론 소문은 사실이 아니었다. 그에게는 어머니를 싫어하는 마음은 있었다. 그는 학창 시절 공부를 썩 잘했다. 어머니들이란, 자식이 어쩌다 한 번 1등을 하면 자기 자식은 늘 1등이고, 언젠가 다시 1등을 할 거란 헛된 소망을 앓는 병을 가지고 있다.

한결 의사는 중학교 1학년 중간고사 시험에서 딱 한 번 1등을 한 적이 있었다. 어머니의 병은 그때부터 시작되었다. 좀 전에 말했듯이 그는 공부를 썩 잘했다. 그러나 고등학교를 졸업할 때까지 1등을 다시 해본 적은 없었다. 그는 대학에 가고 싶지 않았다. 개그맨이 되고 싶었다. 이미 어떤 개그를 할지도 정해 놓았다.

어릴 때부터 그는 만화책을 보면 똑같이 그려내는 재주가 있었다. 반 아이들은 좋아하는 만화책 주인공을 그려달라고 점심시간이면 도화지를 들고 기다렸다. 그림뿐 아니라 말풍선 안에 내용도 넣어주었는데 만화책보다 더 재미있어서 인기가 많았다.

고등학교에 들어가면서부터 그는 진지하게 자신의 앞날을 생각하게 되었다. 사람들을 잘 웃기니 개그맨도 되고싶고, 만화가도 되고 싶었다. 그는 나름 깊이 고민한 끝에 만화와 개그가 결합된, 새로운 개그를 하여 돌풍을 일으키겠노라고 마음먹었다.

부모님께 대학에 진학을 하지 않을 테니 연기와 만화를 배울 수 있도록 도와달라고 했지만, 부모는 천박한 직업이라며 다시는 말도 꺼내지 못하게 하였다. 그의 부모님은 두 분 모두 성형외과 의사로 재직 중이었다. 그들은 아들이 어엿한 의사가 되기를 바랐다.

한결 수의사는 가출도 몇 번 했었다. 무작정 서울로 올라가 알바하며 연기 학원에 다니기도 하였다. 첫 번째 가출 때는 연기 학원이 어디 있는지도 몰라서 중국집에서 단무지 써는 알바를 하다가 잡혀서 집으로 돌아왔다. 당시만 해도 손으로 일일이 단무지를 썰던 때여서 어머니에게 잡혀, 집으로 돌아오는 차 안에서 보니 오른쪽 손가락이 노랗게 물들어 있었다. 그는 노랗게 물든 손을 보며 억울해서 엉엉 울었다. 그런 그를 보며 어머니는 사정없이 등짝을 후려쳤다.

"이 어리석은 놈! 울고 싶은 건 나야!"

어머니가 그보다 더 소리 높여 울자, 그는 머쓱해져서 울음을 중간에 그쳤다. 울만큼 목 놓아 울었다면 두 번째 가출은 없었을지도 모른다.

두 번째는 단단히 준비해서 가출했다. 이번에는 알바를

하지 않고도 학원에 다닐 수 있도록 돈을 마련하여 나갔다. 그러나 부처님 손바닥 안이었다. 잡혀 들어온 날, 다시는 가출하지 않겠다는 각서를 썼다.

그의 어머니는 집을 다시 나갈 거면 자기를 죽이고 나가라는 협박성 발언도 서슴지 않았다. 어머니의 계획표 아래 그동안 놓쳤던 공부를 시작하였다. 그에게 계획표는 개혁표 같은, 보통 사람이 소화하기 힘든 일정표였다. 그래도 그는 마음을 잡고 용케 30분 단위로 짜인 일과를 소화했다.

"이제야 우리 아들이 되었구나!"

공부에 매진하는 아들을 흐뭇하게 바라보며 그의 아버지가 한 말이다.

사당오락(四當五落)이란 말이 유행하던 시기였다. 네 시간 자면 대학에 붙고 다섯 시간 자면 떨어진다는 말이다. 그는 잠과 사투를 벌였다.

블랙커피를 하도 마셔서 속이 쓰렸고 성냥개비를 눈꺼풀과 눈 아래에 끼우기도 하고 불법으로 파는 잠 안 오는 약을 어머니가 구해줘서 먹기도 하였다. 그러나 효과는 없었다.

하루는 어머니가 S대에 진학한 친구 아들 얘기를 해 주었다.

"영호라고 너 알지? 수능 만점 맞아서 S대 의대 간 엄마 친구 아들. 그 아이는 천장에 못을 박고 끈을 매달아 목에 걸고 공부했다더라."

"끈을 어떻게 목에 걸어?"

"그 왜 자살하는 사람들이 하는 방법 말이야. 밑에서 끈을 동그랗게 매듭지어서 목에 거는 거지. 어이구! 말해놓고 나니 끔찍허다."

한결 수의사는 어떻게든 의사가 되어 부모님께 자신을 증명한 뒤, 언젠가는 보란 듯이 만화 개그맨이 되리라 다짐했다. 그는 갈수록 잠을 이길 수 없게 되자 기어코 어머니가 말했던 매듭을 익혀 줄을 목에 걸고 공부에 전념하였다. 덕분에 모의고사 점수는 의대에 진학하고도 남을 만큼 높게 나왔다. 그러나 수능 당일, 그는 마지막 시간에 쏟아지는 잠을 이길 수 없었다. 졸다가 놀라서 깨기를 반복하다 보니 시험이 끝나버렸다.

그는 그날, 집에 와서 매듭을 목에 걸었다가 내리는 동작을 반복하면서 자신을 질책했다. 부모님에게는 잠이 쏟아져 문제를 끝까지 풀지 못했다고 말하지 않았다.

얼마 후 발표된 그의 수능점수는 의대를 갈 만큼은 아니었지만, 수의대에 지원할 정도는 되었다. 부모님은 재수를 강력하게 권했으나 그는 잠과 싸우며 공부와 씨름하는 일에 더 이상 자신이 없었다. 그는 뜻을 굽히지 않았고 수의대에 진학하였다. 그의 부모님은 특히 어머니는 아들이 수의대에 다닌다고 말하는 것을 부끄럽게 여겼다.

한결 수의사는 의외로 동물들에 흥미를 느꼈다. 그는 임상수의사가 되기로 마음먹었다. 임상은 산업 동물(돼지, 닭), 대동물(소, 말), 소동물(개, 고양이, 토끼)로 크게 나누어지는데 그는 소동물 중에도 개에 관심이 갔다. 처음 동물병원을 열었을 때는 그도 몸이 아픈 동물을 정상으로 돌리는, 수의사로서의 직분에 충실하였다. 성형 수술도 신체가 불균형 상태인 개를 균형 상태로 돌려주는 정도에서 그쳤다. 그러다가 판다 개를 성형하면서부터 다른 형상을 만드는 일에 점점 빠져들었고, 사람들이 말하는 것처럼 '신의 손'이 된 것이다. 만화 개그맨이란 꿈은 버린 지 오래였다.

괴소문이 돌면서 한결 의사가 운영하는 병원은 찾는 이가 드물어졌고 병원 문을 닫을 수밖에 없었다. 괴소문이 아니라 해도 그의 정신상태로는 수술하기가 힘들었다. 한 결 의사는 하루 종일 개인지 무엇인지 모를 사진으로 가득 채워진 방에서 나오지 않았다. 어머니가 와서 문을 열라고 해도 열어주지 않았다. 간신히 이어온 어머니에 대한 마음도 문과 함께 닫아걸었다. 아버지는 다시 '저런 녀석은 내 아들이 아니다'라는 태도로 돌아섰다. 아들이 처음 개를 성형한다고 했을 때 그는 아들에 대해 수치심을 느꼈다.

부모는 사람 얼굴을 성형하고, 아들은 개를 성형한다는, 사람들의 이상한 연상을 견딜 수 없었다. 신줏단지처럼 모셔 온 자존심에 생채기가 나는 걸 참을 수 없었다. 그러다 아들이 개를 성형하여 빌딩을 사들이고 방송에 출연하며 유명해지자 다시 태도를 바꾸었다.

"음, 이제 명실상부 내 아들이네."

자기 아들이 되기 위해서는 마치 자격 조건이 있다는 듯 구는 인간이었다. 차라리 기획사를 차려 아들을 뽑는 오디션을 보는 편이 속 편하지 않았을까?

가끔 개 울음을 흉내 내는 한결 수의사의 목소리가 텅 빈 병원에 울려 퍼졌다. 찌는 듯 더운 날이 계속되었다. 낮 기온이 40도로 치솟은 어느 날, 어머니는 문을 부수고서라도 아들을 끌어내야겠다고 작정하고 연장을 들고 병원에 들어섰다. 방문은 활짝 열려있었다. 개 사진들은 전부 찢겨 바닥에 뒹굴고, 올가미 밧줄이 천장에서부터 길게 이어져 있었다. 한결 수의사는 보이지 않았다. 그녀는 그나마 아들이 올가미에 목을 걸고 있는 모습을 보지 않아서 다행이라 여겼다. 아들이 죽으려고는 했지만 포기하고 잠시 어딘가로 나갔다고 생각하였다. 가출했다고 해도 고등학생 때처럼 찾으면 그만이라며, 스스로를 안심시켰다.

한결 수의사가 사라진 후, 누구도 그를 보았다는 사람은 없었다. 아들 찾아내는 데 일가견이 있던 부모는 일을 전폐하고 전국을 돌며 아들을 찾아다녔다. 그러나 일가견도 세월 따라 힘이 빠졌는지 어떤 단서도 찾을 수 없었다. 그래도 그의 부모는 포기하지 않고 아들을 찾아다닌다.

아들을 찾으면 먼저 용서를 구하고 싶다는 부모에게 한결 의사가 한결같은 모습으로 나타나기를 바란다면 개 욕심이려나? '한결 아틀리에'라는 팻말이 붙은 방에서는 개를 안락사할 때 사용하는 용액과 주사기가 갈기갈기 찢어진 개 사진 더미 속에서 무더기로 발견되었다.

후기

한결 수의사가 사라진 무렵은 한 수의사의 자살 뉴스가 연일 보도되던 시기와 겹쳤다. 공공기관에서 개 안락사를 담당하던 여자 수의사였다. 직업 특성상 안락사를 담당하고 있지만, 안락사시킬 때마다 죄책감을 느낀다며 그동안 900여 마리를 안락사시킬 수밖에 없었다는 글을 SNS에 올렸다. 그리고 뒤에 글을 올린 이유를 밝혔다. 개를 끝까지 책임진다는 각오가 서 있지 않다면 개를 키우지 않기를 바란다는 내용이었다. 그것만이 개의 안락사를 줄일 방법이라는, 일종의 호소문이었다.

사람들은 그녀가 안락사시킨 900마리의 개에만 반응했고, 그녀는 순식간에 희대의 살인자가 되었다. 그리고 그녀는 악플에 시달리다 결국 스스로 목숨을 끊었다. 기사는 개를 안락사할 때 쓰는 주사를 사용했다고 보도했다. 사람들은 그녀가 죽었어도 악플을 멈추지 않았다.

6

번째 이야기

5,000원짜리 개 이야기

내 이름은 '산으로'이다. 왜 내가 이 이름을 얻게 되었는지는 뒤에 얘기하겠다. 내 품종을 주인은 모른다. 나도 마찬가지로 모른다. 산골 마을에 사는 데 품종이 썩 중요하지 않으니 주인도 굳이 품종을 알려고 하지 않는다. 나도 궁금하지 않다.

단지 나는 수컷이고 암컷 내음이 산을 몇 개 넘어 멀리서라도 풍기면 묻지도 따지지도 않고 달려 나가는데 이런 본성에 대해서는 궁금하다. 사람들 말에 의하면 자기 유전자를 어떻게든 남기려는 수작이라는데, 그래서 남겨서 어쩌겠다는 건지 그 이유까지는 모르겠다.

다리는 짧은데 털은 엄청나게 길어서 누가 버린 맞지 않은 외투를 걸치고 있는 기분이 든다. 반려견 미용실도 있다는 것을 나중에 알았으나 주인은 그런 곳에 돈을 쓰지 않는다. 나는 동물병원에도 간 적이 없다. 자가 처방을 내려 해결한다. 사정이 있어서 소변과 대변을 일주일 동안 참았던 때가 있다. 이 이야기는 나중에 하자.

그때 오줌소태에 걸렸는데 주인 말자 씨는 자기가 먹다 남은 방광염 약을 반 알씩 물에 타 하루에 세 번 먹였다. 결과는 굿이었다. 다음 날 바로 소변볼 때마다 자지러지게 아프던 증상이 사라졌다. 설사가 났을 때도 정로환(지사제) 몇 알이면 다 나았으니, 주인은 키우기 쉽다고 좋아한다.

반려견 키우려면 자식 하나 키우는 것만큼 돈이 많이 든다는데 나는 옛날 강아지처럼 돈이 안 든다.

나는 말자 씨가 소쿠리에 강아지를 놓고 파는 할머니에게 5,000원을 주고 사 왔다. 아산 장날에는 아직도 이런 식으로 강아지를 사고판다. 생명이 있는 강아지 값으로 적절한 액수였는지는 모르겠다. 그게 3년 전 일이다. 하여튼 나는 5,000원 값을 하고 살아야 한 주인 밑에서 오래 살 수 있다는 것쯤은 알고 있다.

주인이 나를 산 목적은 하나다. 나를 키워서 농장을 지키게 하려고 사 왔기 때문에 데려온 날부터 바로 농장 비닐하우스에서 키웠다. 비닐하우스는 크지 않았고, 농기구를 보관하는 용도였다.

태어난 지 한 달밖에 안 된 나를 농장에 있는 비닐하우스에 혼자 놓고 가버려서 불안하기로 치면, 불안 지수 최곳값을 100이라 한다면 그대로 100이었다. 목줄도 채우지 않고 주인은 자기 집으로 가버렸다.

나름대로 야생에서 강하게 키우려는 의도였는지 모르지만 나는 벌벌 떨며 그날 밤을 꼬박 새웠다. 사료는 한 포대를 놓고 갔다. 물도 이곳저곳 놓아두기는 하였다. 타고난 건지, 전 주인이 한 달 새 훈련을 시킨 건지는 모르겠으나 나는 그날 밤 내 결벽증 때문에 힘들었다.

비닐하우스 안에서는 도저히 배변 활동을 할 수 없었다. 나중에 보니 농장 위로 기도원이 있었는데 밤새 계속해서 개들이 짖어댔다. 아마 내 냄새를 맡고 그러지 않았나 싶다. 무서워서 밖으로도 나갈 수 없었다.

다음 날 아침 5시에 주인이 왔다. 나중에 알게 된 말자 씨 루틴은 이러했다. 오전 5시, 농장에 와서 3시간 일하고, 9시, 카페로 출근(역시 나중에 알게 된 사실이지만 말자 씨는 농장에서 작은 산 두 개를 넘으면 나오는 아산 음봉면에서 카페를 운영하고 있

었다), 오후 5시 카페에서 퇴근하여 두 시간 정도 농장 일을
하다 아파트로 돌아가기.

주인이 오자마자 나는 산으로 뛰어 올라갔다. 밤새 참았
던 배변 활동을 하러 정신없이 뛰었다. 잘생긴 소나무 밑
에서 시원하게 일을 보고 아무 일 없다는 듯 내려왔다. 주
인은 처음에는 속도 모르고 내가 자기만 오면 산으로 내달
으니 산을 좋아한다고 생각했고, 그래서 내 이름이 '산으
로'가 되었다.

가끔 말자 씨는 나를 보며 묻는다.

"너, 혹시 사람이니?"

내가 개답지 않아서 깜짝 놀란다고 하는 말이다. 나는 잘
모르겠다. 사람 말을 금방 알아들었고, 하지 말아야 할 일
과 해야 할 일을 잘 구분하는 편이다. 주인이 굳이 명령하
거나 시키지 않아도 스스로 하는 정도다.

블루베리 농장 위로 기도원이 있다는 건 이미 말했다. 기
도원에는 나보다 서너 배 몸집이 큰 개가 네 마리나 살고
있었다. 처음에는 나를 보고 잡아먹을 듯 달려들었지만 내
가 매일 가서 문안 인사를 드렸더니 자기들 밥도 나누어주
고 간식도 먹게 해 주었다. 교인들은 고맙게도 간식을 챙

겨 와 놓아주었다.

말자 씨는 간식 생각은 못하고 그저 습기 하나 없는 퍽 퍽한 사료만 잔뜩 부어 놓고 간다. 입맛이 없을 때면 기도 원에 올라가 이것저것 얻어먹는다. 사료도 기도원 것이 싱 겁지 않고 고소했다. 알고 보니 브랜드 따라, 성분 따라 맛 이 달랐다. 내가 먹는 사료는 고급은 아닌 것 같은데 그것 에 대해 유감은 없다. 그녀는 개 사료는 모두 똑같다고 여 겨서 어릴 때부터 나에게 성견용 사료를 먹였다.

묶여 있는 네 마리 개 이름은 노아, 방주, 홍해, 가나안이 다. 그중 노아가 성격이 무던하다. 노아 집에 들어가 낮잠 도 자고 서로 장난도 친다. 노아는 나처럼 목걸이가 없이 돌 아다니고 싶다고 한다.

"넌 너무 커서 사람들이 무서워해서 안 풀어줄 거야. 대 신 내가 세상 돌아가는 얘기해 줄게."

노아, 방주, 홍해, 가나안 모두 묶여 지내는 삶을 지루해 한다. 교인들은 기도하기에 바빠서 산책도 잘 시켜 주지 않는다. 다만, 먹는 것은 특급이어서 네 마리 개들은 살이 은혜롭게 충만하다. 개를 배부른 돼지로 전락시키고 있어 서 심히 유감스럽지만, 이 유감을 하느님도 적극적으로 풀 어주려고 하지는 않는 것 같다.

잔소리 그만하고, 내가 농장에 없으면 말자 씨는 바로 기도원에 올라와 내 이름을 부른다.

"산으로오오."

약간 짜증이 섞인 목소리다. 말자 씨는 과체중으로 언덕길을 오르려면 숨이 차서 기도원에 오는 것을 싫어한다. 기도원 뒤로는 둑이 있다. 몇 해 지내며 보니 봄이 되면 하얀 민들레가 지천으로 피어난다. 민들레 핀 둑길을 달리는 건 매번 기분 좋은 일이다.

민들레는 말자 씨가 씨를 구해서 심었다. 카페에서 꽃차를 팔기 때문에 농장 주변으로 마리골드, 목련, 아카시아, 모란, 조그만 연못에 연꽃까지 종류별로 심어놓았다. 농장 울타리로는 엄나무를 심었는데, 한쪽이 엉성해서 가끔 고라니가 몇 마리씩 농장으로 들어와 블루베리 새순을 주르륵, 뜯어 먹는다. 고라니들은 한 잎 한 잎 고상하게 잎을 따 먹지 않고 가지 하나를 입에 넣고 훑어 먹기 때문에 블루베리에 큰 해를 입힌다.

자, 고라니가 나타나면 내가 출두할 시간이다. 말자 씨가 나에게 한 번도 "고라니를 쫓아"라고 말하지 않았어도 나는 저 일이 내 일이라는 것을 금방 인지하고 고라니를 향해 달려간다. 때론 펄쩍 뛰어올라 고라니 배를 강타하고 고라니 다리를 물고 늘어진다. 고라니들은 몇 마리나 되면서도 우왕좌왕하다 산으로 내뺀다.

"자식들! 키만 컸지…."

나는 의기양양했다. 언젠가 말자 씨가 내 활약을 보고 손뼉을 치며 놀라워했다.

"세상에, 세상에! 산으로, 다리도 짧은데, 다리도 숏다리가…."

말을 잇지 못하였다. 나는 5,000원 값어치를 수행하고 있다.

기도원으로 나를 찾으러 온 말자 씨는 말했다.

"산으로, 넌 참 변죽도 좋아. 남의 집에 가서 얻어먹고, 잠자고…. 와! 넌 사막에 떨어져도 살아남겠다. 너 생활력 짱이다. 타고났어, 타고나. 이제야 느이 부모가 누군지 궁금하다. 애고! 울 딸이 너 반만 닮아도…."

말자 씨에게는 딸이 하나 있는데 덜컥 카페를 차렸다가 못하겠다고 해서 말자 씨가 어쩔 수 없이 운영하는 중이다. 그녀는 손님도 많지 않은 카페에서 하루 종일 징역살이하고 있다고 푸념이다. 자기는 농사짓는 게 적성에 맞는데 이러지도 저러지도 못하고 개처럼(?) 카페를 지키고 있다며, 한숨을 쉰다.

나는 그 카페라는 게 궁금해졌다. 말자 씨는 카페에 나를 한 번도 데려간 적이 없다. 고라니, 까치, 산비둘기 그리고 남의 것을 탐내는 사람으로부터 농장을 보호하려고 데려왔으니 카페에 나를 들일 생각은 아예 하지 않는다.

나중에 알게 되었지만, 카페에는 손님이라는 분들이 드나든다. 그곳에 목욕도 하지 않은 꾀죄죄한 개가 쭈그리고 있으면 좋아할 사람이 없으니 이해가 안 되는 건 아니다. 그래도 한편으로는 서운하다. 내 눈으로 카페를 확인하고 싶었다.

말자 씨는 농장 앞에 세워둔 차를 끌고 가면서 창문을 열고 말한다.

"산으로, 농장 잘 지켜!"

지금은 블루베리 수확이 끝난 시기라 특별히 농장에 지킬 것도 없는데 그 말을 하고서는 뒤도 안 돌아보고 산길로 차를 몰고 사라졌다. 그날은 말자 씨가 떠나고 나도 바로 출발하였다. 나는 그저 후각에 의지해서 산을 넘었다. 그녀가 블루베리를 사러 온 사람에게 농장에서 산을 직선으로 넘으면 바로 그 끝자락 도로가 시작되는 곳에 자기 카페 '몽실 125번지'가 있다고 하는 걸 들었다.

내게 주어진 정보는 그것뿐이었다. 직진, 직진, 직진! 높지 않은 산이지만 바위가 많아서 올라갔다 내려갔다 하느라 시간이 많이 들었다. 주인은 이미 카페에 도착하고도 한참 지났을 시간이었다. 산을 거의 다 내려왔을 때 말자 씨 냄새가 더 진하게 풍겨왔다. 여러 꽃향기가 뒤섞인 내음이었다. 꽃을 키우고 말리고 따는 일을 하는 말자 씨 몸에는 마른 꽃잎 내음이 배어 있었다. 말자 씨가 아무리 멀리 가도 이 독특한 향기만 잊지 않으면 어디든 찾아갈 수 있다.

"아니! 산으로야, 네가 어떻게 여길?"

말자 씨 입에서 놀라움과 반가움이 섞인 외침이 터져 나왔다. 정확히 말자 씨 카페에 찾아가 유리문을 기웃대고 있자, 그녀가 뛰쳐나왔다.

물론 나는 카페 안에 들어가지 않았다. 그곳은 농장이 아니기 때문이다.

"어머나! 기가 막혀, 기가 막혀!"

말자 씨 놀라는 소리에 옆 가게 황태국 집 사장님이 뛰쳐나왔다. 사장님도 나도 서로 처음 보는 사이였다. 말자 씨는 황태국 집 사장님한테 〈세상에 이런 일이〉에 나올 사연이라며 내가 알려주지도, 데려온 적도 없는 카페에 찾아왔다고 했다.

"에이 그런 말도 안 되는 얘기가 어디 있어요? 한 번이라도 데리고 왔으니 찾아온 거지. 하기는 데려왔다 해도 농장에서 저 혼자 온 것도 대단하지만….'

"아니라고요! 정말이라고요."

사장님도 믿지 않았고 그 옆 '당신들의 약국' 약사님도, 그 동네 사람들 누구도 믿지 않았다. 말자 씨가 답답해서 그만 입을 다물었다. 그리고 혼잣말을 했다.

"안 믿어지면 믿지 말라지. 산으로가 나를 찾아온 걸 나만 알아주면 되지. 니가 사람이라면 어떻게 왔는지 물어보기라도 할 텐데 정말 너 어떻게 왔니?"

— 설명이 불가합니다만 저한테는 그렇게 어려운 일은 아니었어요.

말자 씨는 카페 안으로 들어오라고 몇 번이나 권했다. 그래도 들어가지 않자 부랴부랴 편의점에 가서 육포와 고구마말랭이를 가져다 내 앞에 놓아주었다. 나는 산을 넘어오면서 배가 고팠던지라 달게 먹었다. 그러나 아무리 배가 고파도 허겁지겁 먹지는 않는다. 나름 내 식사 예절이 있고 배변 시 지키는 규칙이 있으며 사람과 사물을 대하는 태도가 분명하기 때문이다.

장날에 5,000원 주고 사 온 개라고 절도와 품격이 없는 건 아니다. 누가 가르친 것도 아닌데 내 태도를 보면 유전의 힘이 크다고 본다. 유전자는 위대하다. 유전자는 힘이 세다.

"산으로야! 이제 농장으로 돌아가자. 오늘은 내가 농장에 데려다줄게."

처음으로 자동차라는 걸 타 보았다. 말자 씨는 나를 농장에 내려주고는 한마디 했다.

"이제 카페에 오지 마. 오면 안 돼. 거긴 차도 많이 다니고 위험해. 알았지?"

나는 다른 말은 다 들어도 그 말만은 듣고 싶지 않았다. 카페는 농장보다 재미있는 곳이었다. 지나다니는 사람들도 여러 종류였다. 어떤 남자는 기도원에 사는 노아처럼 온통 검은색을 칠하고 다녔다. 한 사람도 아니고 여럿이 슬리퍼를 끌고 편의점에 들어갔다 나왔는데 검은색을 뒤집어쓴 사람들은 하나같이 자기 얼굴색 같은 봉지에 무얼 넣어서 들고나왔다. 발에도 꺼먼색이 잔뜩 칠해져 있었다. 세상 밖으로 나와 본 적 없는 기도원 친구들에게 말해주었더니 다들 믿지 않았다.

"사람은 약간 노르스름해. 꺼먼 칠을 했다면 이유가 있을 거야."

이유가 무엇인지 잠깐 말이 오가다가 가나안이 시끄럽다고 왕왕거리는 통에 꺼먼 칠을 한 사람들에 대한 궁금증을 풀 수 없었다. 기도원 친구들에게 구름처럼 하얗게 칠한, 구름 색 얼굴을 보았는데 말자 씨 두 배는 되게 앞 배가 나오고 엉덩이도 대따 큰 여자를 보았다는 이야기는 하지 않았다. 믿지 않을 게 뻔해서다. 내가 한 번도 안 가 본 카페에 찾아간 것을 믿지 않는 동네 사람들처럼 친구들도 믿지 않을 게 분명했다. 겨울이 되었다. 세상이 온통 눈 속에 잠겼다.

작년 겨울은 웬 눈이 그렇게 쏟아지는지, 낮이고 밤이고 멋대로 눈이 왔다. 일기 예보도 들어맞지 않은 날이 많았다. 눈이 엔간히 오면 농장까지 가는 데 큰 애로는 없다. 그날은 50센티미터도 안 되는 키를 가진 산으로가 눈 속에 빠지면 나올 수 없을 만큼 눈이 쌓이면서 계속 내려서 농장 초입까지 갔다가 그냥 돌아와야 했다.

한 3일을 왔다 갔다 하며 농장 멀리서 '산으로! 산으로!' 이름을 부르다 왔다. 저를 부르는 소리라도 들으면 주인이 눈 때문에 못 오지만 자신을 염려하고 있다는 걸 알고 있으라는 마음에서였다.

그날은 도저히 안 되겠다 싶어서 장화를 신고 삽도 챙겨 집을 나섰다. 걸어서라도 농장에 가려고 했다. 큰길에서 농장으로 들어가는 좁은 길은 1킬로미터 남짓했으나 눈이 무릎까지 쌓인 길을 걸어가기가 쉽지 않았다. 눈은 그칠 줄 모르고 내리고 있었고, 바람까지 불어댔다.

겨우 농장에 도착해서 눈으로 막혀 있는 비닐하우스 문을 열었다. 산으로가 보이지 않았다. 순간 죽었구나, 싶어서 농기구 보관하는 뒤쪽도 살펴보고 박스가 포개져 있는 곳으로 가서 박스를 일일이 꺼내 보았지만 산으로를 찾지 못했다. 물도 많이 남아 있었고, 사료도 그대로 남아 있는 것으로 봐서 눈이 오기 전, 비닐하우스를 나간 것이 분명하였다. 안도의 숨이 쉬어졌다.

"이놈의 새끼, 놀 땐 놀아도 잠은 지집에서 자야지. 어디서 본데없이 외박 질이야."

혼잣말하며 바로 기도원으로 올라갔다. 교인들이 올라가는 길을 치워 놓은 덕에 기도원에 바로 도착할 수 있었다. 네 마리 개들 속에 산으로는 보이지 않았다.

"너희들 산으로 못 봤어?"

물은들 무엇하랴만 답답하니 개한테라도 물을밖에. 그

래도 산으로 주인인 줄 알고 그악스럽게 짖지는 않고 '뭐야? 저 퉁퉁한 아줌마는?' 하는 표정으로 뚱하니 쳐다보고 있었다. 기도원 집사님에게 눈이 오기 전날 산으로 둑 너머로 혼자 신이 나서 올라가더라는 소리를 들을 수 있었다.

둑 너머에는 사나운 포인터 두 마리를 기르는, 한 성깔 하는, 60은 되어 보이는 아줌마가 살고 있고, 그 집을 끼고 왼쪽을 돌아 한 300미터 정도 올라가면 젊은 부부가 사는 집이 나온다. 빨간 기와를 얹은 단층집이다. 한 번도 가 보지 않은 집이고 서로 인사를 나눈 적은 없었다. 젊은 부부 집 뒤로는 무선산이 험하게 솟아 있는데 악산으로 사람들이 좀체 가지 않는다.

그날은 날씨가 더 험해져서 더 이상 올라가는 것은 무리였다. 길도 보이지 않아 더 가다가는 내가 실종될 판이었다.

날씨가 좋아지면 다시 가 보리라 생각하며 내려오면서도 걱정이 되지는 않았다. 워낙 기지가 있는 녀석이니 어떤 식으로든 어디선가 잘 있으려니 싶었다. 그래도 약간 걱정이 되는 점이 하나 있기는 하였다.

두 마리 포인터 주인은 가끔 우리 농장 근처로 개들을 데리고 산책을 나온다. 그때마다 산으로 녀석이 주제를 모르고 가까이 가서 짖어대는 통에 개들이 산으로를 향해 돌진하곤 하였다. 주인이 잡는다고 목줄을 당기지만 늘 힘에 부쳐 보여 포인터 주인에게 부탁한 적도 있다. 다른 길로 산책하면 어떠냐고. 포인터 주인은 당신이 뭔데 그런 말을 하느냐고, 이 길은 누구나 다닐 수 있는 길이라며 얼굴을 붉혔다.

당연하고 당연한 말씀이다. 다만 서로에게 불미한 일이 생길까 봐 부탁한 건데 그렇게까지 반응할 건 또 뭐란 말인가.

다음 날은 아들과 같이 포인터 기르는 집에 먼저 찾아갔다, 산으로를 보지 못했다는 아주머니 말에 미심쩍은 생각이 들었으나 그 집을 나와 젊은 부부가 사는 빨간 기와를 얹은 집으로 향했다. 얼마 안 가서 산으로가 먼저 나를 알아채고 짖기 시작하였다.

젊은 부부가 문을 열어주었다. 산으로는 나를 보자 앓는 소리를 하며 빨리 풀어달라는 신호를 보냈다. 녀석의 신호를 알아챈 내가 목줄을 풀자 뒤도 안 돌아보고 산으로 내

뺐다.

"왜? 왜 저러는… 어디로?"

젊은 부부는 놀라서 말을 잇지 못했다.

"대변 보러 간 겁니다. 산으로가 한 깔끔 하거든요. 농장에서도 안에서는 절대 똥오줌을 안 싸요."

"네, 치워주려고 해도 변을 보지 않더라고요."

"그런데 왜 산으로를 이 집에 묶어놓으셨는지…."

젊은 부부 말에 의하면, 자기 집에서 키우고 있는 테리어가 암컷이고 발정기에 들어섰는데 산으로가 쫓으면 또 오고, 쫓아도 다시 오는 바람에 어쩔 수 없이 묶어놓았다고 한다. 발정기가 지나면 풀어 주려고 했는데 일주일이 흘러버려서 전화번호라도 알면 전화하려 했으나…. 그 뒤로도 젊은 부부 이야기는 한참 이어졌다.

핵심은 그것이었다. 근본 없는 개한테 자기 개가 당하게 할 순 없다는 말씀.

"아! 잘 알아들었어요. 종놈이 주인집 아씨한테 달려든 격이었네요. 근디 서로 좋다면 굳이 막을 이유가 있나요? 개한테까지 그런 룰을 적용하는 건… 글씨 내가 촌사람이라 그런지 몰라도…."

잠시 후 일을 마친 산으로가 평소의 명랑함을 되찾은 얼굴로 천진난만하게 들어왔다. 그러고는 나는 본체만체, 바로 암컷에게 뛰어가 모종의 일을 벌이려 하는 게 아닌가? 젊은 부부는 세상에 못 볼 꼴을 보았다는 듯 칠색 팔색을 하며 산으로를 빗자루로 밀어냈다. 그 꼴을 보니 더 이상 말싸움도 필요 없을 듯해서 산으로를 억지로 끌고 내려왔다.

"제발 묶어서 키워주세요. 요즘 목줄 안 하는 개가 어디 있어요?"

젊은 부부는 끝까지 훈계를 일삼았다. 한소리 더 못 해 준 게 억울하였다.

'당신네 개 짝으로 근본 있는 똥 멍청이가 좋겠어요? 아니면 우리 산으로처럼 근본은 없지만, 영리하고 영특한 개가 좋겠어요? 보아하니 당신 개는 아이큐가 썩 좋아 보이질 않으니 우리 산으로를 통해 유전자 개량이 필요해 보이네요.'

아! 싸움이 끝난 후에야 미처 못 한 말이 떠오르는 건 뭐람, 억울하게. 산으로가 무시당한 건 내가 무시당한 것과 마찬가지다. 생각할수록 화가 나서 씩씩댔더니 아들이 한마디 했다.

"틀린 말도 아닌디, 뭐."

그러고는 내 눈치를 보더니 한마디를 얹었다.

"하긴 그 젊은 부부도 썩 근본 있어 보이지는 않았어."

"야! 그럼, 이 골짜기에는 전부 근본 없는 사람과 개만 사냐?"

내 말에 아들은 어디에 장단 맞추냐는 표정으로 어깨를 으쓱했다.

산으로는 목줄을 매고 얼마나 발버둥 쳤는지 목둘레에 상처가 나 있었다. 생전 처음 해 본 목줄에다 사랑하는 그녀가 바로 눈앞에 있는데 움직일 수 없는 몸이 되었으니 몸인들 정신인들 온전했겠는가. 게다가 배변 활동도 못 했으니 고통이 고통이었으랴.

녀석을 농장에 두고 갈 순 없었다. 카페로 데리고 와서 급히 거처를 마련하였다. 마침, 카페와 황태국 집 사이 공간이 있어서 다행이었다. 그런데 녀석이 소변을 보려면 자지러지면서 벌렁 누워 몸부림을 쳤다. 억지로 소변을 참다 보니 생긴 방광염 증상이었다. 동물병원은 멀어서 예전에 내가 같은 증상으로 먹다 남은 약을 먹였다. 한 3일 먹였더니 호전되었다. 녀석은 새 거처에서 편안한 날을 보냈다.

녀석은 무슨 일이 있어도 절대 카페 문을 들어서지 않았다. 하루는 녀석의 인내심을 시험해보기로 하였다. 카페 안에 간식을 두고 모르는 척했다. 한 발만 들어서면 되는데도 녀석은 앞에서 낑낑댈 뿐 들어오지 않았다. 내가 모른 척하고 있으니 빨리 들어와서 살짝 물고 나가면 될 텐데 녀석은 한 시간이 지나도 들어오지 않았다.

너무 힘들게 하는 것 같아서 간식을 집어 앞에 놓아주었다. 웬걸, 녀석은 간식을 먹지 않고 자기 집으로 들어가 버렸다. 간식을 집 앞에 놓아두어도 고개를 돌리고 쳐다보지 않고 있었다. 이를 본 황태국 사장님이 간식을 주워 입에 넣어주자 그제야 받아먹었다. 녀석은 자기가 상처 받았다는 것을 보여주고 싶었던 것이다.

이곳은 그 유명한 S 전자가 멀지 않은 곳에 자리하고, 주위로 하청 업체들이 산재한 덕에 외국인 노동자들이 많이 있다. 그들은 지금은 인기가 시들해진 아산 온천 주위에 있는 모텔에서 생활하였다.

얼굴이 검은 아프리카 사람들은 가끔 우리 카페에 들러 커피를 마신다. 산으로는 평소 손님들에게 관심을 보이지 않는데 이 사람들이 오면 유리창을 기웃대며 떠날 때까지

지켜본다. 그들은 산으로에게 편의점에서 산 것을 간식으로 던져준다. 산으로는 냄새만 맡지, 먹지 않는다. 산으로는 우리 가족이나 옆집 아저씨가 주는 음식 외는 아무리 입맛 당기는 것이라 해도 입에 대지 않는다. 산으로가 교육을 받았다면 인명구조나 마약 탐지견이 되어서 사람을 위해 도움이 되는 일을 하고 살 텐데, 무학으로 만든 내 죄가 크다.

드디어 봄이 왔다. 나는 봄이 좋다. 넓은 봄이 보고 싶어 몸이 근질거렸다. 나는 산으로 내달린다. 산을 넘어 농장으로 달린다.

숲에 따스한 기운이 살아나고 있다. 농장에서 실컷 뛰어다니다가 카페에 온다. 어서 블루베리에 싹이 트면 좋겠다. 그래야 내 몫을 하면서 의기양양하게 살 수 있다. 아무 하는 일 없이 밥 세 끼를 축낼 순 없다.

블루베리에 싹이 돋고 꽃이 피자 불청객이 찾아들었다. 고라니다. 지난겨울은 어디서 지냈는지, 같은 동물 입장에서 궁금하고 다시 보니 반갑기도 하다. 그러나 말자 씨 한 해 농사를 망치게 놔둘 순 없다.

처음에는 가볍게 컹컹! 부드럽게 짖는다.

– 어이, 고라니 동무들! 오랜만이야. 딴 데 먹을 것이 많은데 꼭 여기까지 와야겠어?

개 언어로 곱게 타일러도 고라니들 말이 아니어선지 끝까지 블루베리 가지를 물고 늘어지면 그때는 고라니한테 달려간다. 겁 많은 고라니들은 대부분 내가 뛰어가면 전부 도망가지만, 욕심 많은 녀석과는 한판 붙어줘야 한다.

이때쯤이면 산비둘기들은 얼씬거리지 않는다. 열매가 자줏빛으로 변하면 귀신같이 알고 찾아온다. 요 녀석들은 먹성도 좋아서 블루베리 나무 하나를 통째 먹어 치운다. 쫓아도 집요하게 날아든다. 나를 시험에 들게 한다. 살생하게 만든다. 처음에는 산비둘기를 잡아다 말자 씨한테 자랑스럽게 가져다주었다. 입맛에 맞으면 먹던가, 하라고 털까지 뽑아다 주었다. 그런데 말자 씨는 질색하였다.

"아우, 털 뽑지 마! 나 이런 거 안 묵는다. 너도 묵으면 안 되어. 될수록 쫓기만 하고 쥑이지 않으면 안 되까?"

속 모르는 소리다. 누군 살려고 나온 걸 죽이고 싶어 쥑이겠나. 고것들이 나도 무서워하지 않고 자꾸 블루베리 농사를 망치니 내 할 일을 한 건데 이런 말 들으면 서운하다. 서운해. 하여튼 나는 5,000원어치 값을 충실히 수행하고 있다.

이제는 산으로가 카페에서 안 보이면 농장에 갔거니 한다. 농장에 가 보면 산으로는 역시 비둘기를 쫓고 있거나 사람이 보이면 농장에 들어오지 못하도록 막고 있다. 시키지 않아도 일을 척척 해낸다. 5월부터 농장 일이 바빠지면 알바생을 고용한다. 알바생은 시켜야 일을 한다. 시킨 일도 제대로 못 해서 쩔쩔맨다. 산으로 같은 알바생을 쓰려면 한 세 명은 써야 할 것이다.

자, 이제 마지막 일화를 끝으로 5,000원짜리 개 이야기를 끝내려 한다. 블루베리 하얀 꽃이 떨어지고 블루베리 열매가 열릴 즈음이었다. 블루베리 초록 열매는 작은 종 같기도 하고, 아기 새가 먹이 달라고 입을 벌린 모습 같기도 하고, 우유에 블루베리가 빠졌을 때 그리는 흔적 같기도 하다. 그 모습을 보고 있으면 어찌나 앙증맞은지 눈을 맞추다 보면 금세 시간이 간다.

블루베리에서 눈을 떼고 하늘을 올려다보니 꽃차를 말리기 딱 좋은 햇볕이 내려와 있었다. 야생화를 채취하려고 산으로를 데리고 인근 숲으로 들어섰다.

꽃을 꺾다가 나도 모르는 불쾌한 기운이 느껴져 위를 올려다보았다. 산으로가 먼저 짖어대기 시작했다. 밑동이 튼실한 소나무에 동아줄이 칭칭 감겨 있었다. 개가, 개라고

하기는 그렇고 이미 형체는 다 흘러버리고 털이 개 흔적을 그리며 그 사이사이에 붙어있었다. 어떤 못된 인간이 개를 줄로 꽁꽁 묶어 두고 도망쳐 버린 것이다. 벌써 오래전에.

"천벌을 받을 인간. 묶지 말고 풀어 주기라도 하고 가지."

따온 꽃을 나무 아래 뿌려주었다. 산으로는 내려가자는 말에도 아랑곳없이 이상한 행동을 하였다. 녀석은 애도라도 하듯 나무를 천천히 돌았다. 두 바퀴를 그렇게 돌더니 소나무 밑에 잠시 서 있다가 내게 왔다. 그리고 농장까지 시무룩하게 따라왔다. 산으로가 가진 인식의 세계는 5,000원짜리 개가 가질 수 없는, 가늠키 어려운 깊이와 넓이를 지닌 건 아닐까?

산으로는 여전히 농장과 카페를 오가며 지낸다. 지금도 의문이다. 맨 처음 산으로가 어떻게 카페를 찾아왔는지.

7

번
째

이
야
기

일곱 번째 이야기

책 속에 사는 개

연두색 옷에 파란 모자를 쓴, '까까'란 고양이가 분홍 유니콘을 타고 날아오고 있다고 책이 말한다. 앞에 있는 멍멍이, 대박이는 보이지 않는 책에 발끈하여 소리친다.

자기 이름은 대박이고, 고양이 아닌 멍멍이고, 연두색 옷도 없고 파란 모자도 없고 분홍 유니콘 따위도 없다고 말한다. 말하다 보니 점점 감정이 격해져 주위에는 아무도 없이 자기 혼자만 있다며, 어디서 알지도 못하면서 떠드냐는 듯, 시건방진 태도로 맞받아친다.

그런데 멍멍이 옆으로 정말 연두색 옷에 파란 모자 쓴 고양이가 분홍 유니콘을 타고 날아가고 있다. 뻘쭘해진 멍멍이는 할 말을 잃는다.

데이비드 라로셸(David larochelle)이 쓰고 마이크 우누트카 (Mike wohnoutka)가 그린 《저 고양이를 보라 멍?》에 나오는 첫 번째 이야기를 내 방식으로 요약해 보았다.

이 책에는 세 가지 멍멍이 이야기가 나온다. 화자는 책이다. 멍멍이는 두 번째 이야기까지는 책에게 당하지만, 세 번째 이야기에서는 책에 보기 좋게 한 방 먹인다. 자기가 책에서 나가버리면 아무도 책을 읽지 않을 테고, 책은 쓰레기통에 버려질 것이라며, 책에게 으름장을 놓는다.

대박이 말처럼 책 속에 사는 주인공 개들이 밖으로 빠져 나온다면 간이 되지 않은 국처럼 맹탕이 되겠지만, 책 속에 사는 개들이 바깥세상에 나와서 겪는 일을 동화로 쓰면 재미있을 것도 같다.

이 책은 동화치고는 유머와 재치가 돋보이는 책이다. 2021년 미국에서 출간된 가장 웃긴 어린이책에 주는 '닥터 수스' 상을 받았다고 한다.

기존의 동화는 교훈을 담으려 애쓰다 보니 지나치게 진지하거나 진부한 경우가 왕왕 있었다. 그런데 이 동화는 절로 웃음 짓게 만든다. 내가 북 큐레이터도 아닌데 이 책을 왜 소개하느냐고? 내가 주인공으로 나온 동화책도 재미있다고 이야기하려고 대박이를 먼저 등장시켰다.

　나도 대박이처럼 책 속에 산다. 얼굴 반쪽은 하얗고 반쪽은 검어서 이름이 '낮밤'이다. 밤낮이라 하면 자연스러울 텐데 주인이 굳이 낮밤으로 지은 깊은 뜻은 모르겠다. 하여튼 내 얼굴은 자로 선을 그은 듯 정확히 반반이다.

　나는 우리 주인 이름도 잘 모르겠다. 동네 사람들이 이름을 부르지 않고, '진지꼽꼽쟁이'라고 부르는데 진진꼽꼽쟁이인지 진지꼽꼽쟁이인지 그것도 잘 모르겠다. 쓰고 보니 모른 것 투성이다. 하여튼, 아는 것 빼고 그 외는 모른다. '모르는 것은 모른다고 하고, 아는 것은 안다고 한다.' 이것이 내 가치관이다. 개도 생각 없이 살지는 않는다.

　꼽꼽쟁이는 구두쇠를 뜻하는 사투리인데 진지꼽꼽쟁이는 구두쇠 중 구두쇠를 이르는 말인 듯하다. 아! 그리고 중요한 정보 하나. 우리 둘 다 적록색맹이다. 댕댕이는 원래 적록색맹이다. 그러니까 앞에 나온 대박이는 분홍색 유니콘을 분홍색으로 못 본다. 어찌 되었든 꼽꼽쟁이 주인도 적색과 녹색을 구분할 수 없다.

　색맹 둘이 살아가는 이야기를 재미있게 쓴 동화인데 세상에 선보인 적이 없다는 게 내 견생 최대 문제다.

이 책은 초등학교 교사인 천용감 선생님이 썼는데 출간 하려다 무슨 이유 때문인지 중단되었다. 그래서 나는 잠자 는 숲속의 공주 같은 신세가 되었다. 나도 버젓이 출간되 어 어린이들에게 웃음과 감동을 주고 싶다. 《플랜더스의 개》에 나오는 파트라슈처럼.

내가 비록 바깥세상에 못 나가고 있지만, 파트라슈는 알 고 있다. 나야 무명견이지만 파트라슈는 전 세계적으로 유 명한 개이지 않은가. 안타깝게도 무명인 나는 아직 퍼렇게 살아있는데 파트라슈는 네로와 함께 크리스마스 전날 죽 고 만다. 루벤스의 그림 '십자가에 들어 올려지는 예수' '십 자가에 내려지는 예수' 그림 아래서.

그림을 그리기 좋아했던 네로는 그 그림들을 볼 수만 있 다면 죽어도 좋을 만큼 행복하겠다고 자주 말했고, 그 말 처럼 세상을 떠난다.

파트라슈가 책 밖으로 나온다면 네로가 없는 세상에서 행복하지 않을 것 같으나 네로처럼 불쌍한 주인이 아닌 팔 리 모왓(Farley Mowat) 같은 주인을 만나 온갖 모험을 떠났으 면 어땠을까? 세상은 이상하고 신기한 일도 가끔 생기니 말이다.

캐나다 사람인 팔리 모왓은 외진 지역과 사람들을 탐구하는 여행자이며 작가이다. 그는 성장기에 머트(개라는 뜻으로 잡종견을 통칭)라는 개와 보낸 이야기를 책으로 썼다. 《개가 되기 싫은 개》다. 책 첫머리에는 '내 유년기를 만들어주신 부모님과 그 시간을 함께한 머트에게 바칩니다'라는 헌정사가 쓰여있다. 개가 헌정사를 받다니, 머트는 세상에 나온 보람이 있겠다.

파트라슈가 팔리 모왓같은 주인을 만나 살아보면 좋겠지만 네로를 만나 어린이들 가슴에 촉촉한 무늬를 남겼으니 그래, 파트라슈! 거기 책 속에 그대로 있어 주려무나.

그러나 책 밖으로 나오게 하고 싶은 개가 있다. 전래동화에 나오는 개다. 이름도 없다. 손녀나 손자가 어릴 때 잠자기 전, "할머니! 옛날이야기 해주세요!" 하면 들려주었을 이야기다.

옛날에, 옛날에, 할아버지와 할머니가 살았대. 어느 날 할아버지가 잉어를 잡았는데 잉어가 눈물을 흘리며 살려달라고 하자 차마 잡을 수 없어서 살려주었대. 사실 할아버지네는 먹을 게 없었는데도 놓아 준 거야. 마음씨가 고운 두 분이다. 그치?

그런데 세상에, 알고 보니 잉어는 용왕님의 아들이었대. 잉어는 목숨을 구해준 은혜를 갚으려고 구슬을 하나 가져다주었다네. 그런데 말이야, 그 구슬이 엄청 신기한 구슬이었대. 소원을 말하면 다 들어주는 구슬. 할아버지와 할머니는 이제 먹을 것을 걱정하지 않아도 되었대. 애고! 그런데 그걸 누가 훔쳐 갔다는 거야. 할아버지와 할머니는 다시 가난해졌대.

마침, 개와 고양이를 키우고 있었는데 두 분이 슬퍼하고 있는 것을 본 개와 고양이는 그동안 키워준 은혜를 갚으려고 길을 나섰대. 왜? 그래, 구슬을 찾아드리려고. 배은망덕한 사람도 많은데 참 대단한 개와 고양이지? 개와 고양이는 고생 끝에 드디어 구슬을 찾았대. 그런데 문제는 지금부터야. 그들 앞에 강이 나타난 거야. 생각 끝에 개가 헤엄을 치고 고양이가 구슬을 물고 올라탔지. 그런데 구슬이 걱정된 개가 자꾸 물었어.

"너! 구슬 잘 물고 있지?"

고양이는 구슬이 떨어질 것 같아서 입을 다물고 있었지. 그러나 자꾸 개가 채근하는 바람에 대답하다가 구슬을 퐁당 강물에 떨어뜨려버렸어. 개와 고양이는 열나게 다투었지. 그러다 개는 화를 내며 집으로 먼저 가버렸고, 고양이는 강가에서 생선을 얻어먹다가 용케 생선 배 속에 있는 구슬을 찾아 집에 갔대. 할아버지와 할머니가 누구를 반겼을까?

그 뒤로 고양이는 집 안에 살게 되고 개는 추운 바깥에서 남은 음식이나 얻어먹고 살게 되었다는, 옛날, 옛날이야기야.

내가 개라서가 아니라 개가 불쌍해. 개도 은혜를 갚으려고 무척 노력했잖아. 내가 주인이라면 개에게도 고마워할 텐데 말이야. 추운 데서 박대받고 사는 개를 책 밖으로 나오게 하고 싶어. 애고! 이야기 한번 길었다. 내게 구슬이 생긴다면 어떤 소원을 빌까? 책 속에 사는 개들을 전부 책 밖으로 나오게 해달라는 소원? 책에 갇혀 사느라 답답하니 우리를 풀어달라는 소원은 어떨까?

아니다. 큰일 날 소리. 어린이들이 우리가 없는 책을 무슨 재미로 읽겠어? 걱정하지 말라고? 하기야 요즘 어린이들은 휴대폰 보느라 우리가 책 속에 있는지, 밖에 있는지도 모를 거야. 저리 휴대폰에 코 박고 있는 걸 보면 휴대폰이 거저 밥도 주고 떡도 주니까 그러고 있겠지? 나도 휴대폰이 필요해.

"저기요, 구슬 님! 나도 휴대폰 하나 최신상으로 주삼!"

8

번째 이야기

여덟 번째 이야기

전생을 기억하는 악마 개

하나

나는 전생을 기억한다. 그러니 내 현생이 얼마나 복잡할지는 말 안 해도 아시리라. 더구나 이번 생은 개로 태어났으니, 말도 못 하고 답답하다. 그러나 어차피 어떤 지점에선가 생이 끝나는 것을 아니까 조급해하지 말자. 그 많은 생을 살고서도 의문을 풀지 못하고 있다.

'대체 왜 다시 태어나는 것일까?'

영화나 드라마에서는 전생의 인연들이 현생에서 다시 만나 전생에서 미처 해결하지 못 한 일을 풀기도 하던데, 나는 딱히 그런 경우를 맞닥뜨리지 못했다. 한 생에 마침표를 찍을 때면 아쉽기는 했다. 판단과 선택에 따라 삶의 양상이 달랐던지라 과연 이번 생에 했던 무수한 선택은 최선이었는가? 자문자답하였다. 최선이었다 한들 자신의 그릇 크기에 맞는 딱 그 수준의 선택이었으니 아쉬워할 필요가 없는데도 어리석게 묻는다. 몇 생을 살아도 지혜가 일취월장하지 않는다.

둘

몽골 사람들은 사람으로 태어나기 전 개로 먼저 태어난다고 믿는다. 사람이 되기 전 예행연습을 하는 셈이다. 글쎄, 나는 이미 사람으로 몇 번이나 태어났었고, 이번 생에 다시 개로 태어났으니 몽골 사람들 믿음과는 거리가 멀긴 하다. 내 기억에 의하면 몽골 개 '방카르'로 태어난 적은 없다. 혹시 다시 개로 태어나야 한다면 몽골에서 태어나 초원을 달려보고 싶다. 그때까지 몽골이 두바이처럼 변하지 않기를 바란다.

첫 번째 개로 태어난 건, 이집트가 페르시아의 침공을 막아 내지 못해서 페르시아인들에게 지배당하던 시기였다. 번번이 이집트를 침공해도 이기지 못했던 페르시아인들은 고도의 심리전을 펼쳤다.

당시 이집트인들은 고양이를 숭배하고 있었다. 사람을 죽여도 사형에 처하지 않았지만, 고양이를 죽이면 사형을 당했다. 페르시아인들은 방패에 고양이 그림을 그려 넣고 병사들은 고양이 한 마리씩을 품에 안고 출전하였다. 이집트인들은 두려워서 숭배의 대상을 향해 검을 휘두르지 못했고, 결국 패배하고 말았다. 이 전투에서 이집트인들이 5만 명 정도 죽었고, 페르시아인 사망자는 고작 7천 명에 불과하였다고 한다.

각설하고, 나는 최초의 페르시아인 파라오(아케네메스 왕조 때 페르시아 통치자가 파라오를 겸하였음)의 개로, '신의 개'라고 불렸다. 파라오의 개는 무조건 신의 개로 불리는데 파라오에게는 나를 포함하여 두 마리의 개가 있었다. 우리는 파라오의 좌우에서 경비를 담당하였고, 사냥철이 되면 함께 사냥을 나갔다. 당시는 품종이란 분류가 없었으니 요즘으로 치면 하운드 비슷하지 않았나 싶다. 이집트 대형견 '살루키'였을 수도 있는데 솔직히 잘 모르겠다.

파라오의 우측을 담당했던 개도 나와 비슷한 외모였고, 우린 둘 다 눈부신 하얀 털을 가지고 있었다. 우측 담당은 '우세르'로 불렸다. 나는 '네드'라는 이름을 가지고 있었다.

우세르는 이름처럼 강하면서도 날렵했다. 나도 우세르 만큼 강했다. 뛰는 속도는 우세르보다 빨랐다. 사냥을 나가면 우세르와의 경쟁에서 늘 우위를 차지했다.

운명의 그날이 아니었으면 우세르처럼 금으로 된 관에 미라로 보존되어 있을 터였다. 딱히 미라 신세가 부러운 건 아니다. 어차피 우세르나 나나 의지는 일 점도 발휘할 수 없었던 삶이었으니까. 죽어서 금관에 안치된들 무슨 의미가 있을까? 요즘 사람들이 말하는 금수저로 살든, 흙수저로 살든 삶은 본래 부질없다. 그런데도 살아 내야 하니 고행이 따로 없다.

선택권 없는 삶이 절망스러웠다. 아니, 절망조차도 사치였다. 희망이 있을 때 절망도 빛나는 법이다.

셋

파라오는 그해 첫 사냥을 나섰다. 초원은 초록빛으로 부풀어 올랐고, 야생화가 끝없이 피어난 오월이었다. 사슴 무리가 시야에 들어왔다. 그러나 사슴을 노리는 자칼들이 우리보다 먼저 와 있었다.

"우세르! 네드!"

파라오는 앞으로 나가라는 신호를 보냈고, 우리는 총알처럼 뛰쳐나갔다.

　사슴을 공격하려는 자칼을 뒤에서 공격하였다. 자칼들은 우리를 보고 대부분 뒤로 물러났다. 나는 우두머리로 보이는 녀석을 물고 늘어졌다.

　녀석도 만만치 않았다. 녀석은 목이 물린 채 허공으로 뛰어올랐다. 순간 나는 녀석을 놓쳤고, 녀석은 있는 힘을 다해 내 뒷다리를 물고 늘어졌다. 일어서려고 했지만, 다리에 힘을 줄 수 없었다. 사냥을 나와서 이렇게 맥없이 쓰러지기는 처음이었다.

　우세르는 사슴을 두 마리나 잡았다. 내가 우두머리 자칼을 물고 늘어진 사이 우세르는 도망치는 사슴을 바로 공략하였다. 나는 왕궁으로 옮겨져 치료 받았으나 절름발이가 되고 말았다. 파라오는 그래도 처음에는 신의 개로 대우해 주었다. 그러나 날이 갈수록 나를 옆에 두지 않았다.

　그러던 어느 날, 파라오가 노예를 부르더니 내 몸에 꿀을 바르라고 명령하였다. 꿀을 바른 내 볼골은 처참했다. 털은 엉키고 들러붙었다. 파라오는 그런 나를 보고 크게 웃었다. 나는 모멸감에 숨고 싶었다. 그러나 파라오의 명령 없이는 함부로 움직일 수도 없었다. 태어날 때부터 파라오의 명령에만 따르는 훈련을 받았기 때문에 내 의지대로 행동할 수 없었다.

넷

파리와 모기들이 몸에 달라붙기 시작하였다. 금세 내 몸은 파리와 다른 곤충들이 엉겨 붙어 새까매졌다. 파라오는 흡족한 미소를 지었다. 그는 파리 한 마리도 자기 몸에 달라붙는 것을 끔찍하게 싫어했다. 그는 자기 몸에 붙는 파리가 나한테 옮겨 붙도록 내 용도를 변경하였다.

파라오라 할지라도 쓰임이 다했다고 신의 개를 바로 죽일 수는 없었다. 파라오는 그날부터 나를 '파리 개'라 불렀다. 처참한 내 몰골을 보고 우세르조차 내 곁에 오지 않았다. 형제처럼 지낸 사이였으나 우세르는 파라오 옆에서 거만하게 앞만 응시하며 앉아 있었다.

파라오가 나를 하찮게 취급하는 것보다 그것이 더 괴로웠다. 그대로 사라지고 싶었다. 파리 떼로 까맣게 뒤덮인 몸으로는 더 이상 목숨을 부지하고 싶지 않았다. 우세르에게 부탁했다.

"우세르, 부탁이다. 제발 나를 죽여다오."

"너를 죽이면 나도 죽임을 당하는데? 파라오의 명령 없이는 죽을 수도 없다는 걸 알잖아."

우세르의 말이 틀리지 않았다.

나는 어떻게 하면 죽을지 궁리했다. 사람들처럼 스스로 목숨을 끊는 수밖에 없었다. 우선 밥을 거부했다. 물도 마시지 않았다. 점점 야위어가는 나를 보고 파라오가 시종에게 물었다.

"왜 네드가 말라가는가?"

"요즘 밥을 먹지 않습니다."

"뭐라고? 밥을 먹지 않으면 임무를 감당할 수 없잖은가? 당장 네드 앞에 밥을 가져다 놓거라."

내 앞에 밥과 물이 놓였다. 파라오가 명령했다.

"밥을 먹고 네 임무를 수행하라."

내가 말했던가? 나는 파라오의 명령에 절대복종하게 키워진 신의 개라고. 스스로 죽을 수도 없었다. 파라오를 미워하지는 않았다. 그는 내 주인이므로. 그러나 나는 주인과의 고리를 끊어내야 내가 살 수 있음을, 아니 죽을 수 있음을 깨달았다. 밥을 먹는 척하다가 몸을 앞으로 날려 파라오에게 달려들었다. 아니 달려드는 시늉을 했다. 파라오의 개, 신의 개가 되어 파라오를 해칠 수는 없지 않은가. 내가 파라오를 향해 달려들자, 우세르가 재빠르게 뛰어와 정확하게 내 목에 이빨을 꽂았다. 나는 바닥에 힘없이 떨어졌다.

"우세르! 고맙다."

우세르는 그제야 내 의도를 알아챘다. 우세르는 내 목을 핥아주었고, 우세르의 하얀 털은 금세 붉게 물들었다. 자꾸 감기려는 눈을 뜨고 하늘을 보았다. 붉은 노을이 하늘을 물들이고 있었다. 마지막으로 눈에 담는 풍경치고는 나쁘지 않았다. 아니 더할 나위 없는 풍경이었다.

후기

우세르는 파라오를 구한 덕으로 금관에 미라로 정중하게 모셔졌다. 카이로박물관에 가면 그를 볼 수 있으려나? 나는 이집트 최초로 '악마 개'로 명명되었다.

그 후 이집트에서 한 번 더 태어났다. 여사제로 태어났는데 결혼도 했다. 보통 사제들은 결혼하지 않은 남자들이 담당했는데 나는 그 모든 조건을 넘어선 사제였다. 3개월은 사제 일을 하고 남은 9개월은 가족과 같이 살면서 경제

활동도 하였다. 큰 장신구 가게를 하였고, 무역업까지 손대서 엄청난 부를 이루었다. 하지만 한 푼도 다음 생으로 가져가지 못했다. 경험은 가져갔으려나? 지금의 나에게는 전혀 도움이 되지 않은 경험이지만.

현재 나는 다시 개로 태어나 대한민국 제주도에 살고 있다. 주인은 연예인이다. 스타급은 아니지만, 조연으로는 꽤 알려져 있다. 주로 범죄영화에 자주 출연한다. 겉으로 보면 주먹 세계 사람 같아 보이지만 속은 아삭아삭 부드럽고 스윗한 사람이다.

그는 제주도 살기 붐이 일어나지 않았을 때 서울에서 이사했다. 덕분에 감귤 농장이 있는 집을 싸게 구입해서 감귤 농장을 운영하고 있다. 나는 목걸이 따위는 하지 않고 자유롭게 농장을 뛰어다닌다. 주인은 중성화수술도 시키지 않았다. 다만, 지나가는 말로 주의를 주긴 하였다.

"비비야(주인이 비비안 리라는 옛날 배우를 좋아해서 그렇게 내 이름을 지었다나 어쨌다나)! 제주도에는 떠돌이 개가 많아. 사람들이 제주도까지 와서 개를 버리고 가서 유독 제주도에 야생 개가 많단다. 버려진 개들은 야생 개가 되어서 무리 지어 다니며 사람들을 위협하기도 해. 밤에 나가려면 막대기라도 하나 들고 다녀야 할 정도란다. 혹시라도 그런 개를 좋아해서 무작정 따라가면 안 돼. 내가 멋진 녀석 구해줄 때까지 참아주었으면 좋겠는데…"

– 주인님 지당한 말씀입니다. 저도 개나 소나 급수는 싫습니다. 주인님이 '비비안 리' 같은 여자를 찾지 못해서 아직도 싱글인 거 잘 압니다. 저도 '레트 버틀러'를 기다리면 안 될까요?

이번 생은 파란만장한 생 가운데 쉼표 같다. 신이 존재한다면 그동안 살아내느라 애썼으니 이번 생은 인간미가 넘치는 주인과 한 번 살아보라는 선물을 주신 건 아닐까? 혹자는 개로 태어난 것이 아쉽지 않냐고, 물어볼 수 있는데 이번 생은 아쉽지 않다.

사람으로 태어나는 순간 희로애락에 사로잡혀 감정의 노예 생활을 해야 한다. 그뿐인가, 편견이나 선입견과 싸워야 한다. 가장 힘들었던 건 욕심을 절제하지 못해서 매번 바가지처럼 깨졌던 일이다.

지구에서 삶은 줄곧 시험의 연속이다. 삶은 네 깜냥껏 풀어보라며 문제를 연달아 낸다. 원래 최선을 다하는 성격인지라 있는 힘을 다해 문제를 풀어 고비를 넘겼다 싶어서 좀 쉬려고 하면 인제 그만 지구에서 나가라 한다. 방문객으로서 시간이 끝났다며 인정사정없이 추방한다. 이 도돌이표 삶에 지쳤다. 다시는 몸을 가진 존재로 태어나고 싶지 않다. 동물 탈을 썼다가 남자 탈을 썼다가 여자 탈을 쓰는 탈춤놀이는 그만하고 싶다.

생각이 많으면 전진이 어렵다. 내 전생을 잊으련다. 전생을 안다고 해서 현생을 더 지혜롭게 사는 것도 아니다. 그러니 전생을 일러준다며 비싼 돈을 내라는 전생 리딩가에게 혹하지 말기를. 혹함은 미혹과 통한다. 마지막으로 한마디, 나에게 묻지 마시라.

"혹시… 우리 어디선가 만난 적 있지 않나요?"

9

번째 이야기

절룽이 이야기

겨울이 깊어지자 더는 산에서 잘 수 없었다. 추위를 피할 곳이 필요했다. 그러나 사람은 무서웠다. 나만 보면 잡지 못해서 안달이었다. 작년 이맘때, 사람들에게 붙잡힐 뻔했으나 도망쳤다. 도망치다가 올무에 끼어 앞발을 다쳐 절름발이가 되었다. 자연 먹이를 구하기가 더 어려워졌다. 발이 성할 때는 백령산 너머 선들 마을까지 가서 사람들 몰래 음식을 구하곤 했으나 이제 그 마을까지 갈 수 없다. 가끔 선들 마을 진돗개 '사과'가 찾아와 음식을 토해놓고 가곤 하였다.

사과 주인은 개를 70마리나 키운다. 마을 사람들은 그를 견 도사라 부른다. 개에 관한 한, 특히 진돗개에 관한 한 모르는 게 없기 때문이다. 그가 과수원을 하는 이유는 개 연구소를 차려 우리 토종개, 일명 진짜 똥개를 보존하기 위해서다.

나는 태어날 때부터 이 백령산에 살았다. 엄마가 있었고, 가끔 백령산 아랫마을에서 아빠 개로 추정되는 매끈하게 생긴 수컷이 찾아와 놀다 가곤 하였다. 형제도 셋이나 있어서 심심하지 않았다.

엄마는 발바닥 냄새를 맡는 법이며 우리 냄새를 남기는 법, 다른 동물의 냄새를 구별하는 법부터 사람들이 놓은 올무를 피해 다니는 법, 스스로 먹이를 구하는 법까지 우리가 혼자 살아갈 수 있도록 교육했다.

동네 사람들, 산에서 떠돌며 사는 개에게는 동네 사람들이 제일 무섭다. 그들은 대대로 이 마을에서 살아왔기 때문에 산 구석구석을 다 알고 있다.

오소리 굴이 어디 있으며, 야생 동물이 어디서 겨울잠을 자는지, 다람쥐가 어디에 밤을 숨겨놓았는지도 안다. 한 해 농사를 짓고 갈무리까지 하고 나면 그들은 토끼를 잡으러 산에 올라왔다. 연중행사였다. 그럴 때면 엄마는 사람들이 올라오지 않는 뒷길로 내려가 선들 마을 부근에 숨어 있곤

하였다.

그날은 웬일로 마을 사람들이 뒤에서 산을 에둘러 나타났다. 다른 한 떼의 사람들은 위에서 내려오며 함성을 질러 댔다.

마을 사람들이 우리 주변에 점점 가까워지자, 퇴로를 차단당한 엄마는 우리에게 신호를 보내며 앞서 달려 나갔다. 엄마는 위도 아래도 아닌 산허리를 돌아 사람들이 없는 곳으로 내려가려고 나름대로 작전을 짠 모양이었다. 토끼를 잡으러 왔다지만, 동네 사람들은 눈에 띄는 건 모두 잡아가는 욕심꾼들이었다.

엄마가 간 방향으로 정신없이 달렸다. 숨이 차서 잠깐 주위를 둘러보니 나만 뒤떨어져서 혼자였다. 엄마 냄새를 맡아 방향을 정하려고 주위를 살폈다. 사람들의 고함은 들리지 않았다. 안심하고 발을 내딛는 순간, 갑자기 내 머리 위로 그물이 씌워졌다. 사람들의 함성이 산봉우리를 돌아 나와 다시 산을 울렸다.

이미 엄마와 형제들은 잡혀 와 기둥에 매여 있었다. 그 와중에도 나를 보자 엄마가 반갑게 꼬리를 위로 흔들었다. '살아있어서 다행이다'는 마음이 전해졌다.

"토깽이 잡으러 간다더니, 깨갱이만 잡아 왔네, 그랴."

마을 할아버지가 합죽한 입으로 한마디 하자 영문도 모르는 어린아이들까지 따라 웃었다. 이제 우리 가족은 마을 사람들의 몸보신용으로 쓰일 참이었다.

수염이 얼굴 반을 뒤덮고 있는 젊은 남자가 엄마와 형제를 차에 실은 뒤 내게 다가왔다. 나는 그때까지 그물에 둘둘 말려 있었다. 헝클어진 그물을 푸느라 남자의 동작이 느려졌다. 그물을 들춰 위로 올리는 순간, 나는 재빠르게 앞으로 내달렸다. 사람들이 고함을 치며 따라왔지만 보기 좋게 따돌렸다. 몇 사람은 산 밑까지 쫓아왔는데 산속 길로 들어서자 더 이상 나를 따라올 수는 없었다. 그들은 포기하고 돌아갔다.

숨이 찼다. 엄마와 형제들이 걱정되었지만, 마을로 돌아갈 수는 없었다. 엄마와 살던 굴로 방향을 잡고 걸어가는데 앞다리가 무엇엔가 끼어 걸을 수 없었다. 동네 사람들이 토끼나 오소리를 잡으려고 놓아둔 올무에 오른쪽 앞다리가 끼었다. 고통스러워서 울부짖고 싶었지만, 마을 사람들이 쫓아 올라올까 봐 소리를 지를 수도 없었다. 다리를 빼려고 움직일수록 올무가 더 파고들었다.

가만히 있으면 사람들에게 잡혀 죽거나 산짐승 먹이가

되거나 이도 저도 아니면 굶어 죽을 수도 있었다. 이럴 때 생각나는 건 사과다. 곤경에 처했을 때마다 사과의 도움을 받고 살았다. 그러나 유감스럽게도 오늘은 사과가 산에 오는 날이 아니다.

사과 주인 견 도사는 다른 개는 풀어놓지 않지만, 사과는 일주일에 두 번 풀어놓는다. 다른 개들은 진돗개라고 해도 풀어 주면 멀리 가버리거나 동네에서 일을 저지르는데 사과는 백날 풀어놓아도 입 다실 일이 없었다. 도망친 개를 잡는 것도 사과 일이었고, 개들이 질서를 지키도록 하는 것도 사과 몫이었다.

그러나 견 도사 말을 따르지 않는 단 한 가지가 있는데 나를 잡아 오라는 명령이었다. 사과는 그 말만은 들리지 않는 시늉을 하고 모른 척할 뿐만 아니라 목줄이 풀린 날에는 나에게 먹이를 가져다주었다. 견 도사가 뒤를 따라오면 교묘히 따돌리고 견 도사가 눈치채지 못하게 한참을 돌아 내가 있는 곳으로 왔다.

누구의 도움도 기대할 수 없어서 절망하고 있을 때, 견 도사가 사과를 데리고 나타났다. 아니, 사과가 견 도사를 데리고 나타났다고 해야 더 정확하겠다. 사과는 냄새를 따라 나를 찾아냈으니 말이다. 선들 마을까지 우리 가족의 소문이 들렸고, 한 마리가 도망쳤다는 소문을 듣고 견 도사도 걱정이 되어서 사과와 함께 산에 올라온 것이다.

추위와 배고픔에 지친 나는 마을로 내려왔다. 사람들이 보이지 않으면 쓰레기통을 뒤져 배를 채우고 온기가 남아 있는 굴뚝이나 아궁이 근처에서 잠을 자다가 사람들이 잠에서 깨어나기 전에 급히 산으로 돌아왔다.

그러다 마을 끝자락에 있는, 사람들이 자주 다니지 않는 외진 곳에 있는 집 한 채가 눈에 들어왔다. 슬레이트 지붕은 삭아 금방이라도 무너져 내릴 듯 위험해 보였다. 집 뒤편에 흙으로 지은 헛간이 보였다. 마침, 문이 부서져 있었다. 겨울인데도 안에 들어가니 한기가 느껴지지 않았다. 헛간에는 땔감으로 쓰는 나무와 볏짚이 쌓여 있었고, 쓰지 않는 물건들이 두서없이 놓여있었다.

나는 볏짚 위에 몸을 누였다. 배가 고팠지만, 이상하게 마음이 편안했다. 견 도사 농장에서 느꼈던 편안함이 느껴졌다.

"이게 뭔 냄새다냐? 아이고, 지릴, 독허다."

부서진 헛간 문을 밀치며 머리가 허연 할머니가 들어왔

다. 모처럼 마음이 편안해서 날이 샌 줄도 모르고 잠이 들었나 보다. 할머니를 밀치고 달아나려고 일어서려다 그만두었다. 잡혀서 죽는다 해도 어쩔 수 없다고 생각했다. 더이상 도망치며 불안하게 살고 싶지 않았다.

"네로구나! 써근내 풍긴 녀석이…."

할머니는 놀라지도 않고 내 앞으로 다가왔다. 개는 냄새만으로도 사람을 알아본다. 할머니한테는 어떤 살기도 감지되지 않았다.

"얼마나 배를 골코 살았냐? 아조 배까죽과 등까죽이 홀러덩 붙었네그랴. 내 얼른 밥 가지고 오마. 어디 가지 말고 지둘려라."

할머니는 감자가 섞인 밥과 물을 가져오셨다. 눈으로는 할머니를 쳐다보며 허겁지겁 밥을 밀어 넣었다.

"어쩌다 발은 그 모양이 되었능고…. 천천히 먹그라, 처언천히…."

할머니는 내가 편히 밥을 먹도록 헛간을 나가셨다. 밥을 다 먹고 헛간에서 나오니 할머니가 토방 마루에 앉아 있었다. 처마 밑으로는 하얀 고드름이 주르르 매달려 햇살에 빛나고 있었다. 고맙다는 뜻을 담아 할머니께 낮게 컹컹,

울고 빠르게 돌아 나왔다.

"배고프면 또 와라. 짐승 되갖고 뭔 염치 차리것냐. 염라대왕도 배고프면 말짱 도루묵잉께."

할머니는 본인이 말해놓고도 우스운지 합죽한 입을 벌려 허허, 웃었다.

할머니 말대로 염치 차리지 않고 낮에는 엄마와 살았던 산에서 지내고, 저녁 해거름이면 내려와 헛간에서 잠을 잤다. 할머니는 꼬박꼬박 밥을 차려주었다. 한 달쯤 지나니 제법 살이 오르면서 진돗개 꼴이 났다.

처음에는 할머니가 밥을 차려주어도 슬슬 피해 다녔다. 하지만 날이 갈수록 할머니 사는 모습이 눈에 들어오면서 할머니를 멀리하지 않게 되었다. 산으로 가는 시간도 점점 늦춰졌다. 처음에는 밥만 먹고 허겁지겁 도망치듯 산으로 올라왔지만, 이제는 밥을 먹고 나서도 집안을 슬슬 돌아다녔다. 그래도 할머니가 나를 만지는 것까지는 허락하지 않았다.

사람은 아직도 믿을 수 없는 존재였다. 견 도사도 나를 못 만졌다. 나를 구해준 견 도사지만 손이 다가올 때마다 으르렁거렸다. 사과가 견 도사 옆에서 세상 편안하게 잠이 들어 있으면 나도 따라 해 보고 싶었지만 헤어질 때까지 곁을 주지 않았다.

엄마와 내 형제 그리고 사과만이 나와 몸을 비비고 서로 만졌을 뿐이다. 얼마 전, 견 도사는 키우던 개들을 전염병으로 태반 잃고 사과만을 데리고 마을을 떠났다. 사과가 보고 싶지만, 나는 안다. 그것이 이루어질 수 없는 소망이라는 것을. 달이 훤하게 뜬 밤이면 사과가 간 방향을 향해 짖을 뿐이다.

할머니는 혼자 살고 있었다. 찾아오는 이라고는 면사무소에서 보내는 복지사 한 명뿐이었다. 복지사는 일주일마다 찾아와 쌀과 반찬을 놓고 갔다. 그날은 너무 추워서 낮인데도 산으로 올라가지 않고 뭉그적거리고 있었다. 복지사가 마당에 있는 나를 보았다. 나는 얼른 뒤꼍으로 숨었다.

"할머니, 웬 개다요?"

"엉, 산에 살던 갠가 본디 밥을 주었더니 자주 옹만."

"할머니! 저런 개 함부로 집에 들이면 안 돼. 나쁜 병균 옮을 수 있당께."

"시안 내내 왔어도 암시랑 괜찬녀. 글고 나도 혼자니께 쟈 보는 기 좋구먼."

"식량도 할머니 한 분 딱 먹으면 될 분량만 주는디요."

"아이고, 나 안 굶어 죽어, 있는 만큼만 먹으면 되어. 나
눠 묵으면 그만여."

처음 알았다. 할머니 밥을 내게 나눠준다는 것을. 할머니
에게 나는 드릴 것이 없었다. 할머니는 전쟁 통에 남편을
잃었다. 하나 남은 아들은 돈 벌어서 오겠다고 일찍 집을
나간 후, 몇십 년이 지나도 돌아오지 않고 있었다. 논 한 마
지기, 밭 한 뙈기 없어서 젊었을 적에는 남의 집 일을 해
주며 살았고, 지금은 나이 들어서 나라에서 주는 도움으로
간신히 살고 있는 형편이었다.

할머니는 내 다리처럼 허리가 기역 자로 굽었다. 병원에
가려고 해도 돈이 없어서 자주 못 간다. 할머니도 나처럼
세 발로 걷는다. 유모차가 할머니의 세 번째 발이다. 어쩌
다 동네 마실 갈 때면 빈 유모차를 앞세워 끌고 다닌다. 유
모차는 색이 바래서 할머니처럼 누추하게 생겼다. 바퀴는
녹이 슬어 잘 구르지도 않는다. 내 다리가 성하다면 도움
을 드릴 수 있을 텐데, 도대체 내가 드릴 수 있는 것이 없
었다. 궁리 끝에 산에서 겨우 잡은 꿩 한 마리를 토방에 올
려놓았다.

"아이고, 관시임보살! 절룽아, 당최 이런 짓 말그라. 저것들도 다 살라고 나왔응께. 나는 이렁거 안 묵어도 되어."

할머니는 언젠가부터 나를 '절룽이'라 불렀다. 그래도 기분이 나쁘지 않았다. 보아하니 할머니는 초하루면 백령산 초입에 있는 절에 다녀오곤 하였다. 할머니는 밥을 할 때마다 좀도리 쌀을 한 줌씩 모아놓았다가 절에 가지고 갔다. 절은 집에서 멀리 있지는 않았다. 나도 몇 번 가 본 절이었다.

그날은 스님이 일찍 할머니를 모시러 왔다. 할머니가 좀도리 쌀 모은 걸 들고 타려고 하자 실랑이가 벌어졌다.

"아따! 거, 그냥 와도 된단 말이오. 부처님도 다 아신당께라."

"아이고! 시님, 넘의 집 가명서도 빈손으로 가먼 예의가 아닌디 부처님 집에 가명서 빈손으로 간답디까? 통 그런 말씀허지 마쇼, 잉."

할머니가 다니는 절 이름은 백령사다. 백령사에는 개 세 마리가 산다. 스님은 개에게 목줄을 채우지 않고 키운다. 모두 수컷이다. 그중 내 마음에 쏙 드는 녀석은 없다.

이름이 '나무'라는 수컷은 스님이나 신도들이 나무 거사님이라고 부른다. 사람으로 치면 한 칠십 먹은 노인인데 술 먹은 사람처럼 눈이 늘 게슴츠레 벌겋다. 나는 절룽이여도 나무 거사한테는 눈길도 주지 않는다. 나무 거사는 가끔 내가 사는 굴로 찾아와 눈치를 보다 입맛을 쩝쩝 다시며 돌아간다. 그러거나 말거나 나는 소 닭 보듯 한다.

두 번째 개는 '아미 거사'라 불리는데 스님 따라서 염불도 하고 절도 한다고 방송에도 나왔다. 아미 거사는 염불하고 절하는 데만 관심이 있다.

세 번째는 '타불'이라 불리는 포인터로 아주 개건방지다. 신도들도 이 타불한테는 다정하게 대하지 않는다. 타불은 제가 아주 잘생긴 줄 안다. 아랫녘 암캐치고 타불이 건드리지 않은 녀석이 없다. 아마 아랫녘 강아지들 대부분은 타불 유전자를 사이 나쁘게 나누어 가졌을 것이다. 타불은 제 몸에 새겨진 검은 점을 강아지들 몸 여기저기에 찍어 발라 두었다. 타불 녀석은 귀, 발, 등, 꼬리에라도 기어이 점을 박아 둘 녀석이다. 녀석은 나한테도 계속 추파를 던지고 강제로 추행하려고 덤빈 적도 있다. 언감생심, 사과한테도 허락하지 않았는데 아무렴 내가 타불 같은 녀석에게 몸을 열어줄까?

엄마는 여시 고개 중간쯤에 있는 굴에서 우리를 낳고 키웠다. 원래는 오소리가 살았던 굴인데 엄마가 넓히고 다듬어 보금자리를 꾸몄다. 스컹크도 아닌데 오소리 굴은 지독한 냄새가 배어 있어서 다른 동물이 들어오려다가도 도망쳐버린다. 덕분에 동네 사람들에게 잡히기 전까지 무사히 지낼 수 있었다.

여시 고개는 옛날에 여우가 많이 살았다 해서 붙여진 이름이다. 백령산은 백 명의 산신령이 살았다 해서 백령산이다. 원래는 백령산 봉우리가 한 개로 커다랗고 높았다고 한다. 그런데 신령님끼리 싸움이 나서 백 개 봉우리로 갈라져 나왔다는 전설을 가지고 있는 산이다.

유감이다. 신령님들도 싸우며 산다니. 싸우지 않고 사는 종은 없는 걸까? 그나저나 개 따위가, 그것도 절룽이가 어떻게 이런 일들을 아는지 의문이겠지만 우리가 사람들과 주야장천 살아온 햇수가 일억하고도 오천만 년 전부터다. 사람들 이야기쯤은 여시보다 더 잘 알아듣고 있다. 우리를 왜 영물이라 하겠는가.

겨울, 할머니 말대로라면 시한이 가고 봄이 드디어 왔다. 여시 고개에 따스한 기운이 감돌면서 뻐꾸기가 애타게 우는 것을 필두로 산새들의 울음으로 숲이 물들어갔다.

백령산 계곡에 얼음이 녹기 시작할 무렵, 나는 할머니 집에서 나와 굴로 들어왔다. 사람들 눈을 피해 절에 가면 나무와 아미가 밥을 나누어주었다. 밥을 얻어먹으며 두 달을 이겨 내고 다시 할머니 집을 찾았다. 토방 마루에 앉아 있던 할머니가 신발도 안 신고 달려 나왔다.

"어고야, 절룽아! 니가 죽어삔 줄 알았다. 을매나 속이 타들어 갔다고. 나쁜 놈들이 니 자바가삔 줄 알았다. 대체 워디서 산겨? 아이고, 그기 머가 중혀. 살았으니 되겨."

할머니는 평소와 다르게 빠르게 말을 쏟아냈다.

"근디 너 입에 문 기 뭐시다냐?"

할머니는 그제야 내가 물고 있는 것에 관심을 보였다. 나는 허연 새끼를 토방에 내려놓았다.

"시상에, 은제 새끼를 뱃따냐? 그러면 여그서 낳지…. 뭔 납땁시고 집을 나갔냐, 나가기를…."

"아이고! 내 정신 좀 봐라. 얼릉 밥부터 묵자."

할머니는 새끼를 큰 함지박에 들여놓고 내 밥을 챙겨주려고 정지로 들어갔다. 나는 밥보다 여시 고개로 급히 올라가야 했다. 그새 무슨 일이 생길 줄 몰라서 마음이 바빴다. 굴에서 새끼들을 한 마리씩 물고 내려왔다. 여섯 마리나 되었다.

"아이고! 시상에라. 아이고! 시상에."

할머니는 입으로는 '시상에, 시상에'를 뇌이면서도 기역자로 꼬부라진 허리를 바삐 움직여 헛간에 자리를 마련하여 주었다. 나는 그길로 혼을 놓고 잠들어 버렸다. 깨어나 보니 할머니가 미역국을 끓여 놓고 기다리고 있었다.

"어여, 묵으라! 산모는 그저 잘 먹는 기 장땡이다."

할머니는 여섯 마리 새끼를 일일이 젖꼭지 아래 놓아주어 자리를 잡게 해 주더니 얇은 이불을 가져와 덮어주었다. 일주일이나 지났을 무렵, 복지사가 할머니 집에 찾아왔다. 복지사는 깜짝 놀라서 할머니를 다그쳤다.

"할머니, 절룽이 없어져 다행이다 싶었는디 이게 뭔 일이다요?"

"그랑게 걱정이긴 헌디… 지 새끼 물고 들어왔는디 워쩌것어."

한 달쯤 지나자 새끼들은 어디에 내놓아도 빠지지 않을 만큼 튼실하게 자랐다.

"할매! 절룽이가 영 쌍놈은 아닌가부요. 새끼들 때깔이 무던헌 것이…"

복지사는 무던한 내 새끼들 사진을 부지런히 찍어 갔다.

면사무소 소식지에 올려 입양자를 찾겠다며 먼발치서 내 사진도 찍어 갔다. 절룽이가 난 새끼라고 솔찬히 많은 이들이 관심을 보이며 할머니 집에 찾아왔다. 모처럼 할머니 집에도 생기가 돌았다.

"절룽아! 워쩌것냐. 나가 이놈들을 다 맡아 키울 수 없으니 요것들을 보내야 쓰것는디⋯."

나는 할머니가 처음 나에게 밥을 주었을 때, 고마움을 표했을 때처럼 컹컹 낮게 울었다. 입양해 간 사람들은 저마다 할머니한테 고마움을 표시하고 갔다. 옆 마을 아주머니는 이미 새끼들을 다 보낸 뒤 찾아왔다. 서운한 표정으로 한참을 서 있다가 나를 잘 돌봐주라며 할머니께 봉투를 쥐여주었다. 할머니가 손사래 치며 봉투를 돌려주자, 기어이 대문에 찔러두고 차를 타고 급히 떠났다.

"아이고 마! 이기 다 뭔일이다냐. 니 새끼 길러주도 못 혀는디 돈을 받아버렸으니 염치 업써 널 보것냐. 낯짝도 아니다."

– 괜찮아요. 할머니! 내가 드릴 건 아무것도 없어요. 내 새끼밖에요.

봄이 몇 번 오고 가고, 나는 그 뒤로도 새끼를 한 번 더 낳았다. 저번보다 한 마리 더 많은 일곱 마리나 되었다. 인자는 그냥 기르겠다고 떼를 쓰는 할머니를 설득하여 저번처럼 복지사가 입양을 추진했다. 내 이야기가 여기서 끝났으면 좋으련만….

유난히 추운 겨울날이었다. 다른 날보다 처마 밑으로 긴고드름이 발처럼 드리워져 있었다. 햇빛을 받은 고드름이 빛이 났다. 고드름 물이 뚝뚝 떨어져 내렸다. 고드름 물이 떨어지도록 늦잠을 자지 않는 할머니인데 오늘따라 기척이 없다. 산으로 올라갈 때면 할머니한테 눈인사하고 가는지라 할머니를 기다리고 있던 참이었다. 자주 보는 복지사가 부식을 들고 찾아왔다.

"할매! 할매!"

몇 번 불러도 기척이 없자 복지사는 방문을 열고 방으로 들어가더니 다시 나와 다급하게 어딘가로 전화했다. 얼마 후 크고 긴 차가 큰 소리를 내며 집 앞에 섰다. 사람들이 할머니를 싣고 큰길로 나갔다. 그 뒤로 할머니는 돌아오지 않고 있다. 나는 굴과 할머니 집을 오가며 할머니를 기다리고 있다.

봄이 왔다. 할머니 집 마당에 있는 오동나무에 보라색 꽃이 하늘을 향해 피어났다. 할머니는 지난봄, 오동꽃이 꽃등처럼 환하게 피어났을 때 혼잣말했었다.

"딸년 하나도 생산허지 못 헌 집에 오동나무를 심긴 왜 심었노. 긍게, 뭔 앞날 약속혈 일 있다고…."

나도 이제 나이를 먹을 만큼 먹었다. 할머니가 돌아올 때까지 기다리고 싶지만 그러지 못하리라는 걸 안다. 절에 사는 나무와 아미는 진즉 무지개다리를 건넜다. 신도들이 묻어주려고 찾아다녔지만 어디서 마침표를 찍었는지 찾을 수 없었다고 한다.

개들은 죽을 때가 되면 집을 나가 주인도 모르는 곳에서 죽음을 맞이한다는 속설이 있다. 나는 어디로 나가 마침표를 찍을까, 궁리 중이다. 나조차 이 집을 찾지 않으면… 생각하고 싶지 않다. 오동꽃은 속없이 홀로 피고 홀로 지겠다.

봄이 저물어가는 즈음, 오동꽃을 마지막으로 올려다보고 할머니 집을 뒤로했다. 엄마와 형제들과 함께 지내던, 하얗고 따스한 새끼들을 낳았던 굴과는 반대 방향으로 발길을 옮긴다.

혹, 길 가다가 오동꽃 핀 빈집이 보이면, 거기 정 많고 한 많았던 할머니와 절룽이를 옛날에, 옛날에, 이야기처럼 떠올려주시라.

10

번
째

이
야
기

INTJ 개가 주인님께

공상 –

내 마음의 탑

나는 말없이 이 탑을 쌓고 있다.

명예와 허영의 천공에다

무너질 줄 모르고

한 층 두 층 높이 쌓는다.

　내 주인은 자칭 시인이다. 주인이 벽에 걸어둔 액자에 이 시가 적혀 있다. 처음에는 주인이 쓴 시인 줄 알았다. 그러나 주인이 내 귀에 읊어대는 자작 시를 듣다 보니 저 정도의 급수는 아닌 것 같아서 바로 잘못 입력된 정보를 삭제했다.

나는 겉으로 보면 퉁명스럽고 까칠하게 보이지만 츤데레다. 나름 감성이 부드러운 개다. 사람으로 태어났으면 시인이 되지 않았을까? 아니다. 이 말은 취소해야겠다. 그냥 오롯이 내 감성을 간직하면서 자연이든 사물이든 있는 그대로 느끼고 싶다.

시인이란 쉽고 당연한 것을 괜히 꼬고 비틀어 어렵게 만드는 족속인지라 시인은 사양한다.

하기는 비틀고 꼬고 거꾸로 보는 시인만 존재하는 건 아니다. 어려운 말 하나도 쓰지 않고도 시적 감성을 달빛처럼 비추는 시인들도 있다. 이런 시는 어떤가?

비스듬하다는 말에는
생소함 속에 따스함이 있다.

새벽마다 나팔을 불기 위하여
힘겹게 기어오르는 나팔꽃 어린 넝쿨에
비스듬히 자리를 내준 나무에서

사선으로 비스듬히 내리는 달빛이
초록 잎사귀에 곤히 잠든 민달팽이에

살포시 이불이 되어 줄 때

- 이화인 시 '비스듬하다' 중에서

어려운 낱말로 위장하지 않고, 보는 눈에 이상이 없고, 한글을 익혔다면 누구라도 알기 쉽게 시를 적었다. 시 한 수 짓는다고 아궁이에 부채를 부치며 재가 흩날리게 부산을 피는 시인도 더러 있는데 이 시인은 부산을 떨지 않는다. 시인의 시선 따라 자연스럽게 그의 세계로 들어서게 한다. 시인은 억지를 쓰지 않고 목소리도 크게 내지 않는다. 거들먹대지도 으스대지도 않는다.

시가 낸 길을 따라가 보니 거기 멋진 들판이 있어 몸과 정신이 녹아들면서, 영혼조차 고양된 듯한데 덤으로 술술 잘 외워지기까지. 시가 별 건가? 그럼 되었지. 굳이 한마디 더 하면, 시일지라도 얼마든지 산문으로 풀어낼 수 있는, 그런 시 한 수 만나고 싶다.

개 주제에 떠든다고 깐죽대지는 말아달라. 간혹 시인 중에는 쉽게 쓰면 시를 폄하하는 사람들이 있어서 일부러 어렵게 쓴다고 말하는 이도 있다. 교수 중에도 어렵게 가르치는 자가 있는데 그건 본인이 이해를 못 했기 때문에 중언부언 어렵게 가르치는 것 아닌지.

미적분도 쉽게 가르치면 초등학생도 이해한다는 말을 얼핏 들은 적이 있다. 그러니 어렵게 써야 한다는 말은 개뿔! 시가 뭔지 모르는 사람이 하는 말이라는 이야기다. 여기까지 읽은 분들은 무슨 개 풀 뜯어먹는 소리냐고 하실 게 뻔하다. 개 풀 뜯기는 이쯤에서 그치련다. 다시 우리 주인에게로 돌아가 보련다.

시인이고 싶은 주인은 부지런히 성실하게 하루도 빼지 않고 쓰긴 하지만 내가 보기에 온 마음을 쏟지 못한다.

어느 시인이, 시인이 되고자 하는 이에게 물었다고 한다. 거미가 거미줄을 시작할 때부터 마무리 지을 때까지 눈을 떼지 않고 지켜본 적이 있는가? 우리 주인은 머릿속에 혹은 마음에 스치는 생각이 있으면 오랫동안 보고 생각을 숙성해야 하는데 바로 시라는 걸 쓴다. 그것도 하루에 한 편만 쓰면 좋겠는데 어느 날은 스무 편도 넘게 시를 짓는다. 짓는다기보다 출력한다고나 할까?

온몸으로 스무 편의 시를 하루 동안 썼다면 다음 날 자고 일어난 주인의 머리는 백발이 되어 있거나 달포 정도 몸살이 나야 하거늘, 그는 종달새처럼 아침을 맞이한다. 고려시대 문장가 이규보는 나이 들어 색마(色魔)는 끊었으나 주마(酒魔)와 시마(詩魔)는 끊지 못했음을 한탄했다고 한다. 우리 주인 역시 이토록 시에 집착하는 걸 보면 시마에 빠지긴 하였다. 발등 정도?

애고, 너무 진지해서 개가 웃을 일이다. 논문이 아닌 바에야 진지한 글은 재미없는데 말이다. 하기는 논문도 재미있게 쓰면 잘 읽힐 텐데…. 주인은 자신이 누구 못지않은 시인이라 여긴다. 단지 세상이 자기를 알아보지 못하고 있다고 생각한다. 신춘문예부터 온갖 등용문을 20년째 두드리고 있지만 용문을 오르지 못하고 있다.

노래 서바이벌에 참여한 사람 중 한 사람이 생각난다. 그는 노래 경연을 위해 직장을 그만두었다고 한다. 직장도 어지간한 중소기업이 아니라 대기업이었다. 노래를 연습할 시간이 부족해서 그만두었다는데 그의 무모함이 느껴지면서 결코 그가 노래를 잘 부르지 못할 거라는 예감이 들었다.

나쁜 예감은 틀리는 법이 없다. 그는 2차전에서 탈락하였다. 당황한 그의 얼굴이 조명 아래 그대로 드러났다. 당황은 금세 의혹으로 변했다. 심사위원단에 대한 불신의 표정을 그는 감추지 않았다. 자기 노래 실력을 제대로 평가

할 줄 모르는 자들이라고 여기는 듯했다. 심사 위원장을 맡은 가수가 어렵게 한 마디를 보탰다.

"○○씨, 말씀하신 대로 최선을 다해 주었는데, 음, 그러니까 본인이 원하는 만큼 내지르기는 했지만 높게 소리 낸다고 노래가 아니지요. 곡 해석도 충분하지 못했고 음 이탈도 심했어요."

이 정도 평이면 가수로 생활을 해결할 수준이 아님을 알아들어야 하는데 내 보기에 그는 포기하지 않고 가수가 되기 위해 몸부림을 칠 게 뻔하다. 그 정도 실력으로 직장까지 때려치운 걸 보면.

애고! 인간들이란 왜 그렇게 자신을 객관화하지 못하는지 안타깝다.

자기를 객관화할 수 없으니 주제 파악을 제대로 못 한다. 개인 내가 보건대 객관화 능력과 주제 파악할 힘만 있으면 세상 문제 반은 문제가 아닐 텐데. 아이고! 사람은 사람대로, 개는 개대로, 사람 따라 주제 파악을 못 하고 설쳐대니 세상은 점점 개판이 될 수밖에. 개 주제에 까분다고 노여워는 마시라.

우리 주인 역시 주제 파악을 못 해서 자신을 바로 보지 못한다. 이런 주인 때문에 부인의 손에 물 마를 날이 없다.

식당에 나가 일을 하는데 하루도 쉬지 않는다. 다니는 식당이 휴무일이면 기어이 다른 식당에라도 나가 일한다. 부인은 남편이 시인이 될 날만 20년째 기다린다. 무슨 고시 공부도 아니고, 내가 말할 줄 안다면 부인에게 말할 것이다.

— 남편은 실제 경험이 없으니 뜬구름 잡는 글을 쓰지만, 당신에게는 펄떡이는 경험이 있잖아요. 당신이 시를 쓰세요.

각설하자. 여전히 부인은 일하고 우리 주인은 시를 쓴다. 《허생전》의 허 생원처럼. 하기는 이 부인은 허 생원 부인보다 참을성이 깊고 마음이 넓다.

7년째 되던 날 허 생원은 부인이 긁는 바가지에 책을 던지고 돈을 벌러 나갔다는데, 이 남편은 복도 많다. 20년째 시인 놀이를 하고 있어도 입에 밥을 넣어주는 후견인이 있으니까 말이다. 요즘 사람들 하는 말로 전생에 나라를 구했나 보다. 그것도 미국같이 큰 나라였나 보다. 땅콩만 한 나라를 구했다면 어찌 이런 무위도식을 누리겠는가.

내가 다니는, 말은 바르게 하자. 주인이 데리고 가는 애견숍 '꼬랑지 헤어' 원장님도 무위도식하는 남편을 두고 있다. 그 원장님은 애견숍을 해서 빌딩을 두 개나 샀다. 무위도식 남편이 아내를 키운다? 책 제목으로 기가 막힌다.

누가 가져다 쓰겠다면 그까짓 저작권 따위 상관없이 허용하겠다. 너도나도 글 한 줄, 사진 한 장 하나도 자기 것이라고 극성맞게 우겨댄다. 내가 영역표시로 여기저기 오줌을 찔끔찔끔 묻히는 것과 다를 바 없어서 나 역시 깃발을 흔들 입장은 아니지만 요즘 인간들은 극성스럽다.

나야 내가 오줌 눈 전봇대에 또 다른 개가 와서 영역표시를 해도 냉큼 영역침해죄로 고소하지는 않는다. 뭐, 딱히고소할 데도 없지만. 인간들은 무슨 법원도 등급을 나누어 놓고는 지치지도 않고 내가 먼저 침 발라 놓았는데 어떤 돼먹지 않은 인간이 또 침을 발랐다며, 원래 침을 바른 주인을 가려 달라고 고소를 일삼는다. 그러면 상대도 맞고소한다. 자기 침의 명예가 손상되었다나 어쨌다나.

일 년 열두 달 법원이 있는 교대사거리는 인파가 끊이질않는다. 다음에 인간으로 태어나면 거기 가서 카페나 해야겠다. '나'임을 주장하기 위해 눈에 쌍심지를 켜고 오가는 이들의 속을 가라앉히는 차를 팔면 어떨까? 이래 봬도 나는 꽤 이타적이다. 인간 중에 이제 이타족을 찾기 어려운 세상이 되었으니 개라도 이타적이라면 지구 공기가 그나마 순순해질 듯하다. 참 말 많은 개로다. 이쯤에서 줄이자. 주인이 쓰는 시를 소개한다. 아! 그전에 나를 소개한다. 내 소개가 한참 늦어졌다.

품종 저먼 셰퍼드

이름 김병장(주인이 병장이 되었을 때가 군 생활의 하이라이트였다며 이런 이름을 붙였다. 하기는 내 생김새가 깡 있는 병장처럼 보이기는 한다.)

나이 만 3세

색깔 검정

성격 INTJ로 이성적이고 두뇌 회전이 빠르며 끊임없이 생각한다. 매우 희귀한 성격이면서도 뛰어난 능력을 지닌 전략가형이다. 거짓말과 위선을 꿰뚫어 보는 데 탁월한 능력이 있다. 끊임없이 생각하고 주변의 모든 것을 분석하느라 관계 맺는 데 소홀하다. 나를 이해할 수 있는 존재를 찾는 데 어려움을 겪는다. 고로 나는 외롭다. 그렇다고 섣불리 관계를 맺고 싶은 마음은 없다. 무소의 뿔처럼 혼자 갈 것까지는 없지만, 올곧게 내 길을 가련다. 한마디 덧붙이자면 처음에 친해지기 어려우나 신뢰를 쌓으면 '다정도 병인 양' 잠 못 들어 하는 타입이다.

내 주인은 대충 이런 시를 쓴다.

아내는 일 나가고
마당에 나가 하릴없이
매화를 들여다보았다.
매화 그늘이
아내의 젖은 손 같다.
작년보다 그늘이 넓어졌다.

  아내 밥을 먹고 사는 게 미안하긴 한가 보다. 이 세상에 남자로 왔으면 무릇 제 밥벌이를 해야 사람 등급에 속한다. 개도 반려라는 일을 해서 사료를 벌고 있잖은가. 하여튼 시인 주인은 (나라도 이리 불러주고 싶다) 늘 미진하게 그만둔다. 제대로 된 시를 한 편이라도 남기고 싶다면 "주인님, 시마에 푹 빠지세요."

  챗GPT도 시를 쓴다는데 우리 주인 설 자리가 있을지.
  걱정을 얹는 저녁이다. 하늘을 올려다본다. 먹구름이 신나게 올라온다.

11

번
째

이
야
기

열한 번째 이야기

전학 가고 싶은 치와와

내 이름은 '치와와'다. 주인은 내 품종이 치와와인 걸 뻔히 알면서도 이름을 치와와로 지었다. 성이 '치' 씨고 이름이 '와와'라고 한다. 내가 청해 치 씨 개조라는 웃기지도 않은 농담도 해 주었다.

하기야 남자 주인 이름도 썩 성의 있게 지어진 이름은 아니다. 이막두다. 본관이 청해 이 씨고, 팔 남매 중 마지막으로 태어났다고 막둥이로 지었다고 한다. 그러다 개명이 자유로워졌을 시기에 망설이지 않고 막두로 이름을 바꾸었다. 이름을 바꾸려면 법원에 신청해서 판결을 받아야 했던 시대도 있었다고 하니 신속하게 이름을 바꾼 건 잘한 일이다. 할아버지가 되어서도 막둥이라 불리면 멋쩍지 않겠는가.

그러나 아무리 생각해도 막두란 이름은 좀 어설프다. 메리, 쫑, 망치, 댕공, 달리, 보노, 아미, 코코같이 멋진 이름이 좀 많은가? 원래 이름에서 받침 하나만 떼고 개명을 한 막두 씨 창의력은 약으로 쓰려고 해도 없다. 우리 종족들 이름은 다 그렇지는 않지만, 창의성 없는 주인들 멋대로 짓는다.

그러거나 말거나 나는 이름에 큰 의미를 부여하지 않는다. 내가 톰으로 불리든 유명한 프랑스 영화, 그 뭐라더라? 〈추락의 해부〉인지 진실인지에 나오는 개, 스눕이든 그냥 멍멍이든 내가 나이지 내가 네가 되겠는가. 인간들은 이것저것에 의미를 두고 의미가 무엇인지 찾아 헤매는 데 귀중한 시간을 허비한다.

이번 생의 의미는 무엇일까? 내 달란트는 무엇일까? 이런 일을 하게 된 이유는 무엇일까?

"와와야! 네 삶의 의미는 무엇이고, 이번 생에 반드시 이루고 가야 할 무엇이 있어?"

혹시 정신없는 사람이 개인 나에게 묻는다면 이렇게 대답해주겠다.

– 무의미.

이 집안 여자 주인은 대학교에 근무하고 있다. 교수는 아니고 행정공무원이다. 능력은 있는지 직책이 실장이다. 반면 남자 주인은 아주 조그만 회사의 평사원이다. 여자 주인은 남편이 상사 갑질 때문에 그만두고 싶다고 할 때마다 말한다.

"간이고 쓸개고 몽땅 빼고 다니세요. 당신에게 지킬 자존심이 있나요? 이제 와서 무슨… 20년은 채워야 쥐꼬리만 한 연금이라도 탈 거 아닙니까?"

쥐꼬리를 뗐으면 좋으련만. 쥐도 쥐 나름, 꼬리에 대한 자부심이 있을 텐데 남편 비하 발언에 꼭 그런 비유를 써야 하는지 이해가 안 된다.

치와와로서 내 일상은 이렇다.

아침 8시, 주인이 출근하면서 나를 '멍동멍 유치원'에 데려다준다. 하교 시간인 5시까지는 유치원 안에서 꼼짝없이 생활해야 한다. 일단 조퇴는 없다. 개근상도 있는데 그런 거 관심 없다. 우등상은 더더욱. 월요일부터 금요일까지 유치원을 다녀야 한다.

유치원 일과는 요일마다 다르다. 낮잠 시간 외에는 쉴 새 없이 프로그램을 이어 나가야 한다. 쉬고 싶다고 해서 쉬게 나주지 않는다. 들들 볶는다. 활동 상황을 카톡으로 두 시간마다 주인에게 보내기 때문에 '우리 아이들은 활동 중!'이란 표시를 겁나게 내줘야 한다. 그래서 우리를 쉴 틈 없이 빙빙 돌린다.

"내실밖에 없는 교육과정, 교육으로 아기들의 삶을 바꿉시다. 개가 바뀌어야 반려주 삶도 등급이 바뀝니다."

입학 지원서에 쓰인 문구다.

우리 유치원은 소형견, 중형견, 대형견, 장애견, 호텔 반으로 구성되어 있다. 그리고 특별지도반 한 학급이 더 있다. 특별지도반은 좋게 말해서 특별이고, 지진아 반으로 교육을 따라오지 못하는 개들을 모아서 특별히 반복 학습을 시키는 반이다. 사람이나 개나 언뜻언뜻 모자라는 존재가 없지는 않다. 호텔 반은 24시간 케어 반으로, 장기반, 단기반이 있다.

주인이 오랫동안 집을 비우는 경우 반려견을 맡기는데 음식 종류 따라 가격이 다르다. 간식을 주느냐, 간식도 고급이냐 중저가냐에 따라 가격 차이가 난다. 침실도 1인용? 하여튼 요즘은 개나 사람이나 구분이 모호해지고 있으니 사람 용어를 쓰기로 한다. 한 방에 2인이 투숙하는지 혹은

3인이 투숙하는지에 따라 다르다.

운동도 숲속 산책이냐 일반 도로냐에 따라 다르고, 그 밖에도 다양한 옵션이 있다. 편백 사우나, 마사지, 수영, 헬스 그리고 음악 듣기 같은 선택 관광이…. 아, 실수! 선택 사항이 있다. 음악 듣기도 취향에 따라 고를 수 있다. 댄스음악, 트로트, 클래식…. 그리고 간혹 비틀스가 오직 견만을 위해 만들었다는 개를 위한 음악도 트는데 사람들 귀에도 들리는 걸 보면 사람 귀가 개 귀로 진화되고 있나? 아니면 제목이 잘못된 건지 그건 모르겠다. 내 보기에 아니, 내 듣기에 퍽 쓰잘머리 없는 짓을 하는 이들이 있는데 비틀스도 그중 1인이다.

애고! 그만하자. 비틀스 팬들이 또 무슨 명예 손상했다고 내용증명을 보낼 수 있으니. 어디까지 말했더라? 아! 음악 이야기…. 개들도 취향이 저마다 다르지만, 댄스곡 같은 신나는 음악을 좋아한다. 나는 남자 주인이나 여자 주인이 생전 어디를 안 가서 호텔에서 자본 적은 없다. 나도 호캉스 같은 새 경험을 하고 싶은데 유감이다.

나의 주 일과를 소개한다. 요일마다 한 가지는 중점적으로 훈련을 받는데 실내 운동장에서 뛰어놀기와 친구 사귀기 그리고 낮잠 자기는 매일 되풀이된다.

월요일 예절 교육

화요일 이어달리기

수요일 미끄럼틀과 친해지기

목요일 물과 친해지기

금요일 헬스트레이너와 후각 연습

이 프로그램은 매주 바뀐다. 학년이 높아지면 미로 탈출, 하이 파이브 연습, 싱크로나이즈 연습과 종이컵 훈련, 트로트 부르기, 장애물 뛰어넘기, 볼링 게임 등이 추가된다. 우리 반은 매화반이다. 1반, 2반 하지 않고 1반은 매화, 2반은 벚꽃, 3반은 수선화, 4반은 모란 같이 꽃 이름을 붙여 정서를 순화시킨다. 무릇 정서는 순화시켜야 한다. 백 번 공감한다.

그런데 이렇게 이름 짓는 것이 일제 강점기 잔재라는 설도 있던데 자세히는 모르겠다. 우리는 소풍도 간다. 이날은 특별 간식이 제공되며, 주로 개를 위한 대형 카페에 간다. 경기도 어딘가에는 만 평이나 되는 도그 카페가 있다고 들었다. 개 레스토랑, 워터풀, 찜질방, 놀이동산, 보물찾기 동산, 웨딩홀, 미로 숲, 축구장, 볼링장까지 없는 게 없다고 들었다.

아직 그곳에 가 본 적은 없다. 며칠 전 전학해 온 나와 같은 치와와인 '엘리스'에게 들었다. 오우, 엘리스! 엘리스가 오기 전에는 포메라니안 '찹쌀이'를 좋아했다. 그녀의 황금빛 부드러운 털에 반했다. 그러나 지금은 엘리스만 보인다. 개에게 일편단심 따위를 기대하지 마시라. 뭐, 사람 중에도 나와 같은 떠돌이 유형이 있다고 들었다. 일부 사람에게 강한 유대감을 느낀다고 했더니, 이런 공통점이 있었구나 싶다.

유치원 정문에는 이런 공지가 붙어 있다. 매주 공지는 바뀐다.

- 프로그램 진행 시 집중력이 더욱 좋아지니 적당히들 먹여 보내세요.
- 이번 주 반장은 건치를 가진 아기가 반장이 됩니다. 치아 간수 잘들 해서 보내세요.
- 아기의 컨디션에 따라 프로그램은 수시로, 시시때때로 변경될 수 있습니다. 이의 제기 불가!

공지치고 살벌하다. 그래도 학부모들은 이의를 제기하지 않는다. 품위 지수가 높다. 자기들 진짜 자녀들이 다니는 학교 가서는 엄청나게 참견한다고 들었다. 어떤 학부모는 하루에도 학교에 30통 이상씩 항의를 해서 선생님들이 정신과 상담을 받고 있다고 한다. 사람 중에는 이런 진상이 간혹 있나 보다. 다행히 우리 주인은 진상은 아니다.

훈련 교사는 날마다 원생 아니 원견들에 대한 보고서를 작성하여 가방에 넣어준다.

"오늘 우리 치와와는 하이 파이브를 성공하지 못했습니다. 오늘은 친구들과 두 번이나 다투었습니다. 밥은 깨작거리다 말았습니다. 낮잠 시간에 코를 심하게 고는 버릇은 여전합니다. 더 심해지면 독방을 써야 합니다. 독방료는 따로 부과됩니다."

이제 이야기를 마무리 짓자. 우리 주인 부부에게는 요람이란 딸이 있다. 요람이는 여자 주인이 출근하면서 사람만 다니는 유치원에 데려다준다. 내가 다니는 유치원과 정 반대편에 있는데 이 유치원 이름은 재미가 없다. 유치원이 있는 동네 이름을 그대로 딴 '못골 유치원'이다.

요람이는 2반이다. 무슨 군대도 아니고 감옥도 아닌데

숫자로 아이들 반을 구분하다니. 끌끌! 절로 혀 차는 소리가 나온다. 우리 유치원에 비하면 감성이 한참 뒤떨어진다. 반 이름 하나만 봐도 교육 철학이 느껴지지 않는다.

그러나 반전이 있다. 학교 이름이나 반 이름은 교육 철학이 느껴지지 않는데 이곳은 나름의 교육 철학을 가지고 있다. 아무것도 가르치지 않는다. 단체활동도 없고 한글도, 노래도 가르치지 않는다. 영어 따위도 절대 안 가르친다. 원생들은 오직 탁 트인 공간에서 자유롭게 논다. 우리처럼 이어달리기도, 하이 파이브도 배우지 않고 일어나, 앉아, 꼬리 돌려 같은 억지 교육도 받지 않는다. 종이컵에 음식을 넣고 냄새를 맡는 후각 훈련도 받지 않는다.

우리 유치원은 조기교육에 집중하는 반면, 요람이가 다니는 유치원은 놀이 총량에 집중한다. 사람에게는 놀이 총량이 있는데 어린 시절 용량을 채우지 않으면 어른이 되어서 허튼짓한다는 것이다. 그래서 이 유치원 원장은 교육하지 않고 놀게 한다.

나도 놀고 싶다. '노는 아이들의 기적'을 이룬 학교도 있다던데 우리 주인이 부디 깨달았으면 한다. 우린 기껏 15년밖에 못 사는데 유치원 따위에서 시답잖은 교육을 받느라 시간을 허비하고 싶지 않다. 아무 재능이나 특기 없이 개의 존엄을 지키며 살고 싶다.

잠깐! 이야기를 마치기 전에 반려견 유치원을 만든 이에게 할 말이 있다. 설마 반려견을 위한 초등학교, 중학교, 대학교, 심지어 대학원, 대학원도 아니면서 돈만 주면 다니는 무슨 경영대학원 따위를 반려견 위한답시고 만들 생각은 아니지요? 만에 하나 그런 일을 벌인다면 당신을…. 이하 생략합니다.

요람이와 내가 이렇게 서로 교육관이 다른 유치원을 다니는 데는 이유가 있다. 두 부부가 어린 시절 받은 교육에 기인한다.

막두 님은 자신이 직장에서 인정받지 못하는 건 부모님이 너무 방치해서 기른 탓으로 생각해서 멍멍이인 나를 빡세게 교육하는 곳으로 보냈다. 그래서? 내가 판검사가 될 것도 아닌데?

부인은 어린 시절 극성 엄마 덕에 초등 저학년부터 선행 학습을 하느라 12시 이전에 잠든 적이 없었다고 한다. 그래서 자기 딸은 방임에 가깝게 키우고 싶다고 아무것도 가르치지 않는 곳을 선택하였다.

경험에 반하는 선택이 반드시 옳은 것은 아닌데, 이 두 부부는 300억 개나 된다는 뇌세포 활용을 포기한 듯하다.

요람이도 하루 보고서는 받아온다. 딱 한 줄이기는 해도.

"요람이는 오늘도 엄청나게 먹고, 늘어지게 자고, 죽지 않을 만큼 뛰어다녔습니다."

내가 받고 싶은 보고서다. 이제 정말 이야기를 마친다. 끝!

잠깐, 내 본관은 '청해 치 씨'다. 말했었나? '청해 이 씨'들은 개조인 '이지란' 이후 난 적도 긴 적도 없이 대부분 엎드려 살아왔다는데 나도 그냥 엎드려 살면 안 되나?

12

번째 이야기

죽음 앞으로 나간 복구보꾸

하나

내 이름은 복구다. 구(狗)는 훈련을 받지 못한 개를, 견(犬)은 훈련받은 개를 일컫는다고 들었다. 그러거나 말거나 그건 호사가들이 일컫는 말로 치고, 이 집 일곱 살 딸아이는 나를 '보꾸'라고 부른다. 하기는 뭐, 내 최후를 생각하면 '복 있는 개'란 의미보다는 보꾸가 낫겠다. 왠지 울림이 있잖은가.

주인집 딸 이름은 선자다. 내가 산 1960년대는 아직 일제 잔재가 남아서 여자아이 이름에 '자'를 넣어 지었다. 일본 여자아이 이름이 미치코, 마사코, 도시코 같이 끝 자를 '코'로 쓰는데 이때 '코'를 한자로 쓰면 '자'가 되는, 그래서 선자, 미자, 영자, 말자, 순자 같은 이름이 흔했다. 학교에서는 벤또, 사꾸라, 다꽝, 꼬붕, 구라치다, 스메키리 같은 말을 우리말로 바꿔쓰라고 교육했고, 시험 문제로도 출제되었다.

자, 이제 내가 죽은 날 이야기를 해 보자. 아! 죽기 전 그래도 행복했던 날을 먼저 이야기해 보자. 죽는 일이야 한순간이었고, 살아 있던 날이 길었으니까. 내가 두 살까지 살았던 집은 마당이 넓고 깊었다.

대문에서 네다섯 개 층계를 밟고 내려오면 앞마당이었다. 집은 두 채가 이어져 있었는데 큰 기와집에는 주인이 살았고, 작은 채에는 셋집을 사는 서순이네가 살았다. 뒷마당은 앞마당의 반쯤 되는 넓이였는데, 한쪽에는 장독대가 있었고 장독대 맞은편에 널빤지로 지은 내 집이 있었다.

그 시대에 그만한 집도 없었다. 반려견 수준이 아닌 한낱 개새끼 급수로 취급받던 때라서 개집을 그럴싸하게 짓기보다 마당 한쪽에 묶어두고 밥그릇도 우그러진 양은 냄비였다. 밥 세 끼는 사치였다. 한 끼나 두 끼 정도 그것도 가족들이 먹다 남긴 것을 주었다.

지금도 시골에서는 집을 지키거나 쥐를 잡는 용도로 개를 키우기도 하지만 60년대 도시에서 개를 키우는 이유도 크게 다르지 않았다. 당시는 너나없이 살기 힘든 시대였기 때문에 도둑 예방과 단백질 보충을 위한 실용적인 이유로 개를 길렀다.

취미 삼아서, 유행을 좇아서, 외로워서, 폼 나서, 사진 올리려고…. 개를 키우는 이유가 요즘처럼 다양하지 않았다. 어찌 되었든, 요즘은 우리 종족을 개도 아니고 개새끼도 아닌 반려견이라 불러준다니, 사람들에게 감사를 전하는 바이다. 누군가의 반절 짝꿍이 되기란 쉬운 일이 아니다. 역부족임에도 그렇게 불러주고 대해준다니 황송할 따름이다.

나는 개로 불리던 시절에 살았으나 지금의 반려견 시대보다 자유로웠다. 그래서 행복했냐고? 행복의 정의에 대해서는 아리스토텔레스 이후로 사람들조차 아직도 오락가락하고 있으니 행복이란 단어는 쓰지 않겠다. 그 단어를 쓰면 삶이 복잡해지니까. 개에게 많은 걸 바라지는 마시라.

그 집에는 3대가 모여 살았다. 아이들은 자그마치 8남 3녀나 되었다. 식구들이 북적이는 아침과 저녁 시간이 좋았다. 너른 대청마루에 온 가족이 둘러앉아 밥을 먹는 모습이 보기 좋았다. 나는 특히 여름을 좋아했는데 앞마당에는 안주인이 가꾼 화초가 아침 햇살에 빛났고, 여름밤이면 하늘에 잔별들이 돋아나고 할아버지는 모깃불을 피웠다.

나는 대청마루 밑에 엎드려 식구들이 하는 이야기를 들으며 잠들곤 하였다. 아무 일도 일어나지 않은 평화로운 날이 계속되었다. 주인집 여섯째 아들은 번번이 말썽을 피우는 데다 집에 들어오지 않으면 주인에게 매를 맞았지만, 나는 매를 맞은 적도 없었다.

둘

주인은 끔찍이 나를 예뻐하지는 않았지만, 집에 손님들이 오면 나를 가리키며 자랑스럽게 말했다.

"진돗개 순종입니다. 아주 영리하지요."

그럴 때면 나도 기분이 좋아 꼬리를 흔들곤 했다. 똥 멍청이란 말을 듣고 사는 인간들도 많은데 영리하다고 하니 기분이 좋지 않을 리가 있겠는가. 이 집에서 내가 제일 좋아하고 따르던 아이는 나를 보꾸라고 부르던 선자였다. 나는 일곱 살 여자아이 선자가 가는 곳이면 어디든 따라다녔다. 8남 3녀가 대나무밭에 새끼 고양이를 묻으러 갔을 때도 선자 옆에 서 있었다. 대나무 가지로 나무 십자가를 만들어주고 "야옹아! 잘 가"라고 두 손을 모을 때, 나도 같이 기도했다.

선자가 동네 아이들과 전주역으로 곱돌을 가지러 갈 때도 그 뒤를 따라갔다. 철둑 다리를 건너 인후동 공동묘지를 지나서도 한참을 걸어가야 전주역이 나왔다. 역을 빙 돌아 뒤로 가면 동산 만하게 쌓여있는 곱돌 더미가 있었다. 우리처럼 다른 동네에서 원정을 온 꼬마들도 눈에 띄었다. 역무원에게 들키지 않고 곱돌을 주워 온 날은 모두 가슴을 넓게 펴며 의기양양했다. 들키면 꿀밤을 맞거나 손을 들고 서 있어야 했는데, 무사히 임무를 마쳤다는 승리감에 발걸음이 가벼웠다.

곱돌로 '댕깡놀이 판'(댕깡놀이: 참가하는 인원수만큼 긴 칸을 그린다. 가로줄은 세로줄보다 길게 그린다. 칸 사이마다 술래가 서 있을 공간도 함께 그린다. 공격하는 팀은 술래를 피해 다음 칸으로 이동하여 마지막 칸까지 가는 놀이로, 술래의 손이나 발이 몸에 닿으면 탈락한다. 팀원 중 한 명이라도 살아 마지막 칸까지 가면 승리한다. 술래는 앞뒤로 공격할 수 있다. 지방에 따라 놀이 방법이 다르다)이나 '미친년 팔방'(오징어 모양을 크게 그린 뒤, 6~7개로 칸을 나눈다. 나눈 칸을 빼놓지 않고 통과하는 놀이로, 두 가지 방식이 있다. 한 발을 들고 막자를 발로 차며 통과할 수도 있고, 막자 없이 한 발을 들고 마지막 칸까지 가는 방법이 있다. 지방에 따라 놀이 방법에 차이가 있다)을 그려야 선이 또렷하고 노는 맛이 나서 곱돌이 떨어질 즈음이면 다시 원정대를 꾸려 역으로 갔다.

그러나 선자네가 중앙동으로 이사하게 되면서 이 놀이는 끝이 났고, 내 평온한 날도 파국을 향해 치닫게 되었다. 그때까지는 누구도 일이 이런 식으로 진행되리라고는 짐작도 못 했다. 인생사 한 치 앞을 모른다는 말이 괜히 생긴 게 아니다.

셋

이사 간 집은 당시 전주에서 가장 번화한 중앙동 거리였다. 주인이 한약방을 옮기면서 살림집과 합치게 된 것이다. 대로변 앞쪽으로 한약방이 자리 잡았고, 뒤로는 살림집이 있었다. 살림집으로 가기 위해서는 좁은 골목길 비슷한 길이 이어졌는데 그곳이 내 거처가 되었다.

예전 집 마당과 달리 흙 한 톨 없이 처음부터 끝까지 시멘트로 발라져 있는 차가운 집이었다. 시멘트 바닥은 딱딱

했고, 위로는 지붕이 낮게 내려와 있어서 답답했다. 하늘도 보이지 않고 주변에 풀 한 포기 없었다. 예전 집이 그리웠다. 장독대가 있고 꽃이 많았던 옛집이 그리워서 눈물이 났다.

어느 날, 나는 목 끈을 물어뜯고 옛집을 향해 달리기 시작했다. 옛집에는 낯선 이들이 살고 있었다. 다행히 내 집은 거기 그대로 있었다.

새로 바뀐 집주인은 애써 나를 쫓아내지는 않았다. 다음 날, 선자의 넷째 오빠가 나를 데리러 왔다. 그러나 나는 새 집으로 따라갔다가 다시 목줄을 끊고 옛집으로 돌아가기를 반복했다. 익숙한 장소, 익숙한 냄새가 있는 집을 떠나기 싫었다.

"아니, 이사 올 때 트럭에 실려 왔는데 어떻게 노송동 집을 찾아갔을까? 가까운 거리도 아닌데…."

"하여튼 복구가 영리한 건 알아주어야 해."

"멍청이 선자보다 낫다."

주인은 고작 나를 칭찬한다면서 내가 제일 좋아하는 선자와 비교했다. 자식을 그런 식으로 깎아내리면 자기 위신이 올라가나? 한심한 양반 같으니라고. 선자의 선하고 커다란 눈망울을 보니 금방이라도 눈물이 흐를 것처럼 보였다. 선자는 아무 말 없이 방으로 들어갔다. 지금처럼 나를 방에서 키웠다면 선자에게 다가가 위로를 해 줄 수도 있었을 텐데, 고작 멍멍 짖었을 뿐이다.

"시끄러워, 그만 짖어!"

속 모른 주인은 내 입을 쳤다. 나는 옛집에 가면 안 된다는 것을 확실히 인지하고 나서는 어쩌다 들러 옛 동네를 한 바퀴 돌아다니다 오는 것으로 만족하며 지냈다.

넷

그날은 다른 날 아침과 다르게 주위가 소란했다. 보지 못한 사람들이 쇠사슬을 들고 대문 앞에서 서성이고 있었다. 순간적으로 직감했다. 나를 잡으러 온 사람들이라는 것을. 재빠르게 그들 다리 사이로 들어가 도망쳐 달리기 시작했다. 어딘지도 모르고 앞으로 달렸다.

달리다 보니 옛집이었다. 대나무 숲에 숨어서 숨을 고르며 이 사태에 대해 차분히 생각을 정리해 보려고 안간힘을 썼다. 며칠 전 주인이 나를 보며 했던 말이 떠올랐다.

"장모님께 약을 해드리려면 저 녀석이 필요해."

생전 장모님을 위하지도 않는 위인이 갑자기 장모님에

게 보약을 지어드리겠다고 나섰다. 그 말을 들을 당시 내가 필요하다는 말의 의미를 모르고 흘려들었다. 이제 그 말이 무엇을 의미하는지 알게 된 지금, 내게 남은 선택은 두 가지였다. 도망쳐서 식구들 모르는 곳으로 가든가, 주인 뜻대로 목숨을 내어주든가 양단간에 결정을 내려야 했다.

"보꾸야! 보꾸야!"

선자가 나를 부르는 소리가 들렸다. 생전 처음 선자의 목소리가 무서웠다.

"보꾸야, 너 안 죽인대. 아버지가 그랬어. 집에 가자."

— 아냐! 쇠사슬 든 사람이며 긴 작살 든 사람들이 날 잡으러 왔잖아.

선자는 내 말을 알아들은 듯 말했다.

"이상한 아저씨도 돌려보낸다고 했어. 집에 가자. 보꾸야."

나는 꼬리를 늘어뜨리고 중앙동 집을 향해 선자 뒤를 따라 걸어갔다. 선자가 겨울이면 얼음을 지치던 미나리꽝이 나왔다. 눈이 오는 날에는 거침없이 미나리꽝 주위를 좋아서 뛰어다녔다. 곧이어 마을 초입에 있는 대나무 숲이 나타났다.

선자네 집 뒤에 있던 대나무 숲과는 비교가 안 되게 넓었다. 낮에도 어두컴컴해서 동네 아이들은 숲에 들어가지 않았다. 소문에 의하면 문둥이가 살고 있는데 어린아이들을 잡아먹는다고 해서 아이들은 이 대나무 숲에 다다르면 무조건 뛰기 시작했다.

"보꾸야! 뛰어."

선자와 나는 달음질하여 마을을 벗어났다.

곧이어 경기전이 나오고 미원탑이 나오자 나는 다시 몸이 덜덜 떨리기 시작했다. 집이 가까워질수록 오줌이 질질 나왔다. 평소 같으면 깔끔한 성격상 있을 수 없는 일이었다. 아침에 맡았던 살기 어린 냄새가 아직도 남아 있었다. 그들이 어딘가 가까운 곳에 있었다. 나는 다시 몸을 돌려 뛰기 시작했다. 숨어 있던 그들이 나를 쫓아오기 시작했다. 선자가 외쳤다.

"보꾸야, 도망가. 도망가아!"

선자가 우는 소리가 들려왔다. 나는 순간적으로 멈춰 섰다. 내 뒤를 쫓던 소위 개장수들도 멈춰 섰다. 나는 천천히 몸을 돌려 그들을 향해 걸어갔다. 예상치 못한 내 행동에 구경꾼들이 숨을 죽였다. 그 사이로 선자의 울음소리가 길게 들려왔다. 개장수들은 내가 그들에게 다가갈수록 뒤로 물러났다. 구경꾼들은 점차 내 뒤를 에워쌌다. 도망갈 길은 막혔다. 아니, 나는 도망을 포기했다. 선자 아버지가 불쑥 앞에서 나타났다.

"후딱들 해치우라고!"

도살자들은 뒤로 물러설 뿐 선뜻 앞으로 나서지 않았다. 나도 더는 움직이지 않았다. 순간 목에 작살이 꽂혔다. 사람들이 비명인지 환호성인지를 질러댔다. 다리 앞으로 피가 흘러내렸다. 선자네 집 장독대에 핀 맨드라미 색 같았다. 나는 얼마 버티지 못하고 쓰러졌다. 선자 목소리를 들으려고 귀를 모았지만, 몰려드는 사람들 소리에 묻혀 들리지 않았다.

후기

"지나오면서 가장 안타까운 일은 보꾸를 멍청하게 집으로 데리고 간 일이야. 정말 보꾸를 죽일 줄 몰랐거든…. 그래도 내 눈으로 끔찍하게 죽어가는 보꾸 모습을 보진 않았어."

선자는 딸이 중학생이 되었을 때 나에 대한 이야기를 들려주었다.

"엄마! 그런데 보꾸는 왜 도망치다 돌아섰어요?"

선자는, 이미 이때는 선명으로 이름을 바꾼 뒤였다.

"그러게, 그 일이 있고 몇 번이나 생각해 봤는데 모르겠어."

나도 내가 왜 죽음 앞으로 걸어갔는지 모르겠다. 명확하게 설명할 수 없는 일도 일어나는 게 세상사라 쓰면서 이야기를 마치련다.

13

번
째

이
야
기

열세 번째 이야기

골댕이, 찬란이 이야기

나는 골든 리트리버로 '골댕이'(골든 리트리버+댕댕이)라고
도 불리는, '찬란'이다. 처음에는 골든으로 불렸으나 개명(?)
했다. 나는 결혼한 언니와 결혼하지 않은 동생이 함께 사
는 집에 산다. 언니는 본래 이름 대신 '대덕화'란 법명으로
불린다. 동생은 '유란'인데 그윽한 난초 같은 품위가 있다
고, 다니고 있는 절의 주지 스님이 지어주셨다.

유란 님은 언니만큼 절에 열심히 다니지는 않는다. 언니
대덕화는 눈만 뜨면 절에 가서 봉사한다. 대덕화 님은 결
혼해서 아들 하나, 딸 하나를 두었고, 남편은 컨설팅 회사
를 운영하고 있다. 아들이나 딸이나 동물을 좋아하지 않지
만 그렇다고 함부로 대하지는 않는다. 대덕화 남편은 아예
나한테 관심이 없다. 완전 가구 취급이다. 집에 오면 침대

에 누워있으면서도 "아이고! 힘들어!" 소리를 달고 산다.

나는 절에 살다가 5년 전 이곳으로 왔다. 절에 몰래 개를 버리고 가는 견주가 더러 있다. 절을 보육원으로 여기는지, 개 이름이며 생일을 적고 형편이 되면 찾으러 올 테니 그 때까지만 맡아달라는 쪽지를 법당에 놓고 가는 이들도 있다. 나도 그렇게 버려진 개 중 한 마리다.

유감스럽게도 우리 품종은 유기되는 경우가 잦다. 보통 보더콜리와 푸들 다음으로 지능이 높고 똑똑하다고 나왔다지만, 대형견이다 보니 키우기 힘들고, '천사견'이라고도 불리는데 가끔, 어떤 개는 천사같이 행동하지 않는 모양이다.

나같이 절에 버려진 개들은 처음에는 절에서 보살피지만, 수가 많아지면 신도들에게 입양을 보낸다. 신도들은 주지 스님이 부탁하면 대부분 거절 못 하고 받아들인다. 대덕화 보살도 어쩔 수 없이 나를 집으로 데려왔다. 절에서는 누가 목욕도 시켜 주지 않아서 나는 골든 리트리버인데도 늘 털이 엉겨있고 꾀죄죄한 몰골로 살았다.

부탁이 있다. 제발 개를 키우려면 몇십억짜리 아파트 사는 것만큼 신중을 기해주시라. 털이 많이 빠진다고 내버리고(털 빠지는 짐승인 줄 몰랐는가?) 시끄럽게 짖는다고(강제로 수술하지 않고서야 짖지 않는 개가 있는가?), 한 달 된 개가 대소변을 가리지 못한다고 내버린다(사람도 대소변을 제대로 가리려면 최소 3년이 지나야 하는데 한 달 만에 가린다면 천재지 싶다).

키우는 이유도 다양하지만, 버리는 이유도 가지가지다. 버리는 분들도 알 것이다. 자기 개는 이미 반려견으로 키워졌기 때문에 유기한다는 건 죽으라는 말과 다르지 않다는 것을.

제발 부탁드리건대 끝까지 책임질 수 없다면 개 옆에도 가지 마시라. 귀엽다는 이유로 개를 편의점에서 삼각김밥 집어 오듯 가져오지 마시라. "아이! 귀여워!"라는 짧은 말에도 엄중한 책임이 따른다는 사실을 명심하시길.

대덕화 보살 집에 오면서부터 나는 전적으로 유란 님의 보살핌을 받게 되었다. 유란 님은 개를 키워본 적이 없는데도 내가 어떤 것을 원하는지, 본능적이란 말이 정확한 표현인지 모르겠으나 그냥 안다.

유란 님은 올해 42세이고 싱글이다. 절에서 살다시피 하는 언니를 대신해 집안일을 도맡아 하고 있다. 이상하게도 언니 대덕화는 동생에게 결혼하라는 말을 하지 않는다. 제발 시집 좀 가라며 등 떠밀 법한데 이 집 식구 누구도 결혼이란 말이 금기어인 양 입을 닫고 있다.

대덕화 님은 어쩌다 마음이 쓰이면 산책을 시키지만, 밥 주는 일부터 목욕, 산책, 미용실, 병원에 가는 일까지 유란 님 몫이다. 나를 케어하는 일만 해도 벅찰 텐데 집안일은 물론 조카들 공부까지 봐준다. 작은 몸 어디에서 힘이 솟아나는지 그 많은 일을 물 흐르듯 해낸다.

음식 솜씨는 물론이고 바느질 솜씨도 뛰어나서 웬만한 건 만들어서 쓴다. 거실이며 방마다 걸린 커튼도 유란 님 작품이다. 그뿐인가, 건조하고 퍽퍽한 사료 대신 맛있는 밥을 매끼 만들어 준다. 이런 호사가 따로 없다. 유란 님 덕분에 나는 상팔자 개로 다시 태어났다.

"나 물 줘."

"과일 좀 깎아 줘."

대덕화 보살은 절에 가지 않는 날이면 소파에 길게 누워서 유란 님에게 계속 잔심부름을 시킨다.

이것을 본 동네 사람이 한마디 하면 이렇게 말한다.

"호호호. 속 모르는 말씀 하지 마세요. 내가 한다고 해도 못 하게 해요. 다시 하려면 일거리만 늘어난다고요. 나는 우리 동생처럼 완벽하지 않거든요. 그냥 대충 먹고, 대충 살자고 저도 누누이 얘기하지요. 저 애가 듣지를 않아요. 제 동생이 한 고집 하거든요. 찬란이도 너무 씻겨서 오히려 피부가 상했다고 의사 선생님이 뭐라 하는데도 소용없어요."

"언니 말이 맞아요."

유란 님은 조용히 맞장구를 친다.

내가 산책하러 나가면 지나가는 사람마다 걸음을 멈추고 감탄한다. 그야말로 내 황금빛 털은 눈부시다 못해 찬란하다. 거울에 비치는 나를 봐도 감탄이 절로 나온다.

거울이라는 것을 몰랐을 때, 거울에 비친 내 모습을 보고 사랑에 빠져버렸다. 하루 종일 거울 앞에서 떠날 줄 모르고 저렇게 멋진 녀석이 대체 누구인지 알고 싶어서 안달이 났었다. 그러다 그 녀석이 특정한 오줌 냄새도 나지 않고 체취도 없다고 느낀 순간, 거울 앞을 벗어날 수 있었다.

인간들은 때로 얄궂다. 내가 거울 앞에서 어떤 반응을 보이는지 보려고 일부러 내 앞에 거울을 가져다 놓은 것이다. 그들은 내 반응을 보고 깔깔 웃었다. 나는 그것을 칭찬으로 알고 꼬리를 흔들어댔다. 하여튼 가족 간에 문제가 없진 않았지만, 그래도 이 같은 평화로운 날들이 지속되었다.

유란 님은 날씨가 궂은 날을 빼고는 하루 두 번 나를 데리고 산책하러 나간다. 두 번째 산책은 오후 4시경에 하는데 이때는 동네 카페에 들른다. 그곳에 나와 같은 골든 리트리버가 있다. 사람들은 우리가 쌍둥이인 줄 안다.

카페에 있는 리트리버는 이름이 '얀'이고 나와 같은 수컷이다. 얀과 나는 몸집이나 색이 같아서 처음 보는 사람들은 헷갈려 하는데 얀이 나보다 턱이 좀 더 길다. 그리고 얀은 머리 부분에 노르스름한 점 같은 것이 있는데 자세히 보아야 안다. 얀과 나는 카페를 함께 누비고 다닌다. 사람으로 치면 브로맨스를 뽐내며.

내가 얀과 놀고 있을 때 유란 님은 커피를 마신다. 유란 님이 부릴 수 있는 최고의 사치다. 유란 님은 커피를 좋아해서 이 카페에서 바리스타 공부도 했다. 카페 이름은 '무의미유의미로스터스'인데 카페 주인장이 WBC에서 우승한 경력을 가지고 있다.

그래서인지 카페는 늘 손님들로 북적인다. 이 집 커피를 마시려고 인근에 있는 용인이나 오산, 평택에서도 찾아온다고 한다. 유란 님은 여기에 오면 커피를 스스로 내려 마신다. 때로는 커피를 내려 손님들에게 내놓기도 한다.

얼마 전부터 집안 기류가 냉랭하다. 대덕화 보살과 유란 님이 말하지 않고 지낸다. 이런 적이 없지는 않았지만, 이번처럼 오래가지는 않았다.

"언니가 반대해도 이번에는 독립할 거야."

그러니까 독립하겠다는 말이 이번이 처음은 아니다. 대덕화 보살은 딱 부러진 이유 없이 동생의 독립을 반대했고, 유란 님은 이번에는 어떤 일이 있어도 독립할 테니 그간 언니가 맡아서 관리하는 돈을 주었으면 좋겠다고, 조심스럽게 말했다.

어제는 카페에서 다른 날과 달리 오랫동안 얀과 시간을 보냈다. 얀과 놀면서도 유란 님을 자꾸 살피게 되었다. 유란 님이 소리 없이 울자, 카페 주인장이 어깨를 다독이는 모습이 눈에 들어왔다. 걱정돼서 얀과 마음 편히 놀 수 없었다.

"얀! 유란 님이 이상해."

얀은 내 말을 듣는 둥 마는 둥 밖을 쳐다보는 데 열중하고 있다. 나와 같이 있다가도 자전거만 보이면 바로 문으로 달려가서 자전거가 사라질 때까지 본다. 얀은 움직이는 것에만 관심이 있다. 특히 바퀴를 좋아한다. 이곳은 뒷골목에 있어서 자전거를 타고 다니는 사람이 드물다. 어린이가 세발자전거를 타고 나타나면 얀에게는 축제나 다름없다. 얀 이야기는 이쯤에서 그치자.

"찬란아! 이제 너와 이별이야, 너를 데려가고 싶지만, 언니가 허락을 안 해. 그리고 내가 살 곳이 정해져 있지 않아서 너를 데려갈 수가 없단다. 거처가 정해지면 너부터 데리러 올게."

유란 님이 어제 카페에서 오랫동안 있던 이유를 비로소 알았다. 유란 님이 아니면 나를 카페에 데려올 사람이 없다. 마지막으로 얀과 이별할 시간을 마련해 준 것이다. 대덕화 보살은 커피는 한 모금도 안 마시니 나를 카페에 데리고 올 일이 없다.

대덕화 보살은 보이차 마니아다. 집에는 둔황 막고굴에서 300년 동안 발효되었다는 보이차가 있다. 이 보이차는 따로 높은 곳에 선반을 만들어 바람이 잘 통하는 곳에 보관하고 있다.

"나는 죽을 때 차를 한 잔 내려 마시고 명상하다 가고 싶어."

대덕화 보살이 가끔 차를 꺼내 보며 하는 말이다. 언젠가 윈난성에서 사 온 30년 된 차를 — 30년 된 차도 몇백만 원 한다고 하면서 — 인심 쓴다며 나에게도 준 적이 있는데 오줌물 같아서 거부했더니 대덕화 보살은 이런 차는 복이 있어야 마시는 거라며, 내가 개로 태어난 건 박복해서라고 했다.

"언니! 찬란이가 들어요."

유란 님은 내 귀를 감싸며 나를 쓰다듬어 주었다.

"찬란아, 넌 이렇게 멋진 왕자님으로 태어났으니, 복이 많은 거야!"

"찬란아, 내가 이 집에 없어도 이제껏 지내 온 다른 가족이 있으니 불안해하지 마! 언니는 널 절대 버리지 않을 거야. 언니가 그렇게 몰인정하지는 않아. 그건 너도 알지? 나는 널 꼭 데리러 올 거고. 나 믿고 얌전히 지내! 응? 약속!"

유란 님은 나를 안아준 뒤 집을 나갔다.

유란 님이 집을 나가자, 그날부터 집 안은 난장판이 되었다. 아이들은 아침밥도 못 먹고 등교하기 일쑤였고, 빨래는 쌓이고 제때 버리지 못한 쓰레기 때문에 악취가 났다. 그런데도 대덕화 보살은 매일 봉사하러 절에 나갔다.

유란 님이 언젠가는 올 것이라고 믿고 있기 때문에 나는 기다리고 있다. 다른 가족들이 유란 님의 빈자리를 채워주려고 나름 노력하는 것을 아는지라 나는 유난 떨지 않고 지내고 있다.

유란 님이 집을 나간 후 바로 달라진 것은 밥이다. 유란 님은 매끼 일일이 손으로 만들어 '정량 배식'을 해 주었지만 대덕화 보살은 아침이면 사료를 한가득 부어놓고 나간다. 알아서 챙겨 먹으라는 뜻이다.

하루 종일 맛없는 사료와 물만 먹고 있으면 독거노인이 된 기분이 든다. 내 눈을 보고 이야기해주는 사람도 없이 혼자 시간을 보내고 있으면 유란 님이 보고 싶어 가슴이 먹먹해진다.

'분명히 나를 데리러 올 거야. 그러니 투정 부리지 말고 얌전히 기다려야 해.'

울고 싶지만 약해질까 봐 울지 않는다. 얀이 보고 싶다. 얀은 내가 왜 안 오는지 알기나 할까? 여전히 바퀴가 보이면 달려 나갈까?

매일 현관문에 엎드려 귀를 기울이며 오늘은 유란 님이

올까, 기다리는 것이 내 일과가 되었다.

   그날은 유란 님이 오고 있다는 기척이 느껴졌다. 익숙한 발걸음, 낯익은 체취. 현관에 다다르면 일부러 탁탁탁! 세 번 바닥을 치며 내게 보내는 신호…. 유란 님이다! 나는 현관문을 긁으며 기뻐서 울부짖었다.

   "찬란아! 찬란아!"

   유란 님이 현관 비밀번호를 누른다. 그러나 문이 열리지 않는다. 대덕화 님은 비번을 바꾸어 버렸다. 나는 현관문을 계속 긁어대며 짖는다.

   "찬란아, 조용히 해. 이웃집에서 신고 들어갈 수 있어. 찬란아, 조용히 하고 내 말 들어봐. 언니가 내 전화를 차단해서 전화가 안 돼. 찬란아, 나는 카페 사장님 추천으로 이웃 도시에 있는 카페에서 일해. 카페에서 먹고 자. 아직 너를 데려갈 수 없어. 너무 보고 싶어서 잠깐 너를 보러 왔어. 오늘은 네 목소리 들은 것으로 만족해. 다시 올게."

   – 유란 님! 기다려요. 내가 문을….

   나는 뒤로 물러났다가 힘껏 문에 내 몸을 부딪쳤다.

   쿵!

   "찬란아! 무슨 일이야?"

나는 쓰러졌다가 다시 문을 향해 돌진했다. 그러기를 네 댓 번, 머리에서 피가 흐른다.

"찬란아! 찬란아!"

뒤늦게 상황을 파악한 유란 님이 문밖에서 울부짖고 있다. 자꾸 눈이 감긴다.

14

번 째 이 야 기

열네 번째 이야기

명예는 알아서 챙긴다는 발바리

우리 안방마님은 사람, 동물, 사물, 자연물…. 세상에 존재하는 모든 것에 존대한다. 딸 배를 만지면서도 이렇게 말한다.

"할미입니다. 손주님! 잘 계시지요?"

"손주님! 달달 님은 우리 가족입니다. 바깥에 나오시면 뵐 수 있을 겁니다."

배에 대고 말하는 안방마님이 이상해서 눈을 동그랗게 뜨며 쳐다보는 내 머리를 숙이며, 인사하는 시늉을 시켰다.

"달달 님! 우리 손주가 여기 있어요. 달달 님도 곧 뵐 테니 미리 인사하세요."

나는 이분을 안방마님으로 부른다. 집안에서 서열 1위다. 안방마님은 청소기를 가지고 나오면서도 사람을 대하

187

듯 말한다.

"청소기 님! 힘드시겠지만 우리 청소해 볼래요?"

그리고 청소를 끝내면 이렇게 말한다.

"청소기 님! 애쓰셨어요. 이제 편히 쉬세요."

존댓말을 쓰는 것도 그렇지만 우리 안방마님은 엘리베이터에도, 길가 피어있는 꽃에도, 돌멩이에도 말을 건다. 처음 보는 사람은 그녀가 약간 머리가 돌았다고 생각한다.

가족들도 특히 큰딸이 제발 그러지 말라고 제지해도 아랑곳하지 않는다. 그녀는 세상 모든 것에는, 무생물이라 할지라도 속에 의식이 있어서 다 알아듣는다고 믿는다. 그런데 이 존댓말 습관이 위협받는 일이 터졌다.

며칠 전, 옆집 여자가 주차하다가 우리 안방마님 차에 흠집을 냈다. 여자는 문을 쓱 훑어보더니 시치미 떼고 들어가 버렸다. 그때 나는 차 안에 있었다. 옆집 여자도 나를 알아보았다. 그러나 그녀에게 나는 한낱 하찮은 동물이었다. 사람이라면 목격자로 적격인데, 아쉽다.

참고로 말한다면, 나는 발바리다. 발바리는 털로 한몫한다. 주인마님이 내 털 관리에 진심인지라 옛말처럼 참기름

발라 키운 아이처럼 매끈하고 향내가 잘잘 흐른다. 그날은 안방마님과 같이 미용실에 가려고 나온 참이었다.

"달달 님! 조금만 기다려주세요. 핸드폰만 가지고 바로 올게요."

안방마님이 핸드폰을 두고 왔다며, 핸드폰을 가지러 간 사이에 접촉 사고가 터진 것이다. 평소 차를 유난히 애지중지하는 안방마님인지라 문을 열다가 흠집을 금방 알아차렸다.

"달달 님! 무슨 일 있었어요?"

나는 그렇다고 멍멍, 대답했다.

"알았어요. 블랙박스 확인해 볼게요."

블랙박스가 있다는 것을 옆집 여자도 알 텐데 왜 그냥 들어갔는지 의문이다.

그녀가 다시 나타났다.

"아니! 뭐, 그걸 가지고 사람을 오라 마라 해?"

여자는 대놓고 반말했다. 옆집이라고 하나 서로 왕래 없이 지내는 사이인데 마치 언니 동생 사이로 지내온 듯 격의 없는 말투였다. 우리의 안방마님은 여자의 말투가 거슬렸지만, 참을성을 약간 끌어올린 뒤 절제된 목소리로 사과를 요구했다.

"그거라니요? 남의 차에 흠집을 냈으면 사과부터 하는 게 도리지 않을까요?"

"아니, 뭐 현미경으로나 봐야겠구먼, 그래서 그냥 괜찮다 싶어 들어갔는데?"

"이게 안 보이세요? 여기요."

"아니, 뭐 흠집이랄 것도 없구먼."

옆집 여자가 말을 시작할 때마다 '아니, 뭐'를 붙이는 게 웃기는 데다 우리 안방마님께 시비를 걸어서 내가 약간 으르렁거렸나?

"아니, 뭐 이젠 개새끼까지 가세하네. 요즘 세상이 말세라니까."

"아줌마! 남의 귀한 자식에게 개새끼라니요?"

"아니, 뭐 저게 자식이라고요? 개새끼가 자식이라고? 지금 코미디 해?"

"아. 줌. 마!"

"아니, 뭐 내가 어디로 봐서 아줌마야? 결혼도 안 한 사람에게."

우리의 안방마님은 여기에서 참을성을 잃을 뻔하였다.

'아니! 이 싹수없는 여자야! 얻다 대고 반말질이야? 생긴 꼬락서니로 봐서는 못 배운 티가 팍팍 나는구먼.'

안방마님은 입에서 이런 고약한 수준의 말이 튀어나오려는 걸 장아찌 누르듯 참고 애써 존댓말 하는 교양을 재정비한 뒤 억양을 삭제한 채 로봇 말투로 요구했다.

"하여튼요, 우리 애를 개새끼라 부른 거 우리 애한테 직접 사과하세요."

옆집 여자는 기다렸다는 듯 이성을 잃고 소리쳤다.

"아니 뭐라고? 내가 저 개새끼한테 직접 사과하라고? 이 여자야! 제정신이야?"

"왜 자꾸 반말합니까? 존댓말로 우리 아이한테 빨리 사과하세요. 어린아이 앞에서 그런 험한 욕을 하다니 아이가 무얼 보고 배우겠어요? 부끄러운 줄 아세요."

"아니, 뭐 제정신이야? 배워? 꼴값 떠네. 내가 몸소 정신병원에 데려다줄 테니 사양하지 마셔."

"우리 아이에게 스트레스를 주고 우리 아이의 고결한 명예를 훼손한 당신을 고발하겠습니다."

우리 안방마님은 끝까지 이성을 잃지 않고 낱말 하나, 하나에 힘을 주어 또박또박 말하더니 뒤도 돌아보지 않고 그 자리를 떠났다.

그렇게 나에 대한 명예훼손으로 옆집 여자는 법 앞에 섰다. 사람이 개의 명예를 더럽힌 일로 법정에 서는 일은 처음이라 법원 앞에는 방송국이며 기자들, 유튜버, 구경꾼들이 모여들며 난리법석이 났다. 여기저기 동물보호단체 관계자들도 때가 왔다며, 법원 앞에서 시위를 벌였다. 현수막도 내걸었다. 현수막에 쓰인 문구는 이러했다. 몇 개만 소개한다.

개 님에게도 명예가 있다.

당신도 개였던 적 있었다.

개가 행복해야 나라가 바로 선다.

주사 대신 목걸이(안락사 대신 개를 입양하라는 말인 듯하다)

돌보시개

자유 연대 자유 연개

  법원 앞은 현수막으로 뒤덮였다. 어떤 기자는 나에게 마이크를 들이대며 인터뷰를 시도하기도 하였다. 세상엔 어리바리한 사람도 있기는 있나 보다. 좌우지간, 떠드는 사람들은 대부분 실속 없이 속이 허한 사람들이다. 우리 안방마님이나 옆집 여자나 그걸 기사랍시고 쓰려고 온 사람들이나 법석을 떨 일에 법석 떨기를.

안방마님은 옆집 여자가 반드시 나에게 무릎 꿇고, 제대로 된 존댓말로 사과하면 고소도 취하하고 자동차 건에 대해서도 묻지 않겠다고 기자들에게 말했다. 마이크 수십 대가 안방마님 입 주변에 모여들었고, 안방마님은 유명 인사가 되었다.

옆집 여자는 안방마님이 기자들에게 한 말을 듣고 더 전투적으로 나섰다. '반려견 배척연구소' 단체와 손을 잡고 맞고소를 하였다. 우리나라에 연구소는 많다. 반려견 배척연구소에서 하는 일을 잠깐 소개하면 이렇다.

개를 개라 부르자, 개를 다른 동물과 차별하지 말고 식용하자. 개는 개답게 바깥에서 키우자, 유기견에 귀한 세금 쓰지 말라, 견주들에게 견세를 내게 하라, 개똥을 그대로 두고 가는 견주에게 무기징역을 때려라 등.

재판은 진행 중이다. 개를 좋아하지 않는다는 판사가 사건을 맡자, 동물 단체 관계자들이 개뿔도 모르는 사람에게 중대한 사건을 맡길 수 없다며, 판사 해임을 요구하는 해프닝도 있었다. 다들 극단적인 견해를 쏟아내는데 그게 극단적인 줄 모르고 있다. 오직 자기네 의견만 옳다고 우긴다.

나는 목격자도 되기 싫고 명예 따위에 관심 없다. 사람인 척 살고 싶지도 않다. 살 수만 있다면 가축 이전의 개로 살고 싶다.

바람 부는 들판을 달리고 싶다. 지구에서는 바랄 수 없는 삶이어서 진즉 포기했지만, 꿈속에서는 먼먼 우리 조상들처럼 자유롭게 달린다.

중성화수술도 필요 없고, 목소리도 제거당하지 않고, 안락사를 당하지도 않고, 유기되지도 않은, 인간의 손길이 닿지 않은 자유로운 개, 그런 개야말로 명예로운 개 아닌가?

안방마님! 내 명예를 위한다고 잔 다르크처럼 깃발 들고 앞장서지 말아 주세요. 제 명예는 제가 알아서 챙길게요.

15

번
째

이
야
기

열다섯 번째 이야기

뉘신지 모르지만 개

하나

어딘가에서 새 계정을 만드는데 본인 인증을 반드시 해야 한단다. 요즘은 본인인지는 물론 로봇인지 사람인지에 대해서도 몇 차례 검증을 거친다고 한다. 나는 그런 복잡한 검증을 거치지 않아도 딱, 앞으로 봐도 뒤로 봐도 개다. 그런데 요즘 만난 주인, 아! 먼저 주인의 의미를 짚고 가기로 한다. 대충 세 가지 정의가 나온다.

1. 대상이나 물건 따위를 소유한 사람
2. 집안이나 단체 따위를 책임감을 가지고 이끌어 가는 사람

3. '남편'을 간접적으로 이르는 말

내가 주인이라고 부르는 이는 1과 2에 부합되는 사람으로 이름은 김진국이다. 나를 소유한 사람이고 이 집의 가장이니 그를 주인으로 인정한다. 아니, 조금 솔직해지자. 그가 내 밥을 책임져 주기 때문이다. 인간의 집에서 사는 — 산다기보다 얹혀산다는 표현이 더 적합하다. — 우리 종족은 인간에게 길들여 개로 불리게 되면서부터, 이미 만년도 전 일이라니 뭐, 인정할밖에. 각설하자. 하여튼 제 먹거리를 스스로 해결하지 못하고 사니 얹혀산다고 해야 솔직한 표현 아니겠는가.

내가 개라고 해서 분별이 없지는 않다. 하여튼 김진국이라 불리는 남자가 벌어오는 돈으로 내 밥이 해결된다. 그것도 삼시 세끼를 꼬박꼬박. 뭐, 인간 세상에서는 삼식이라는 말로 나이 든 남자를 무참히 짓밟는 용어가 있다는데 다행이다. 우리 종족은 가장이 되었다가 퇴직 후 아내 눈치를 보며 살아가지 않으니 이럴 땐 개 팔자가 더 낫지 않나 싶다.

이야기가 옆길로 한 180도 틀어졌다. 내가 이야기하고자 하는 분은 내 밥을 책임지고 그가 변덕을 부리지 않는다면 내 노후까지 책임질 김진국이 아니라 김진국이 역시 책임지고 있는 그의 어머니 이야기다.

내게는 인간으로 따진다면 할머니쯤 되시겠다. 하기는 뭐 김진국이란 사람은 다행히 나를 자식으로 생각하지도, 반려로 생각하지도 않으니 내가 주인의 어머니를 일방적으로 할머니라 부르는 건 어폐가 있겠다.

주인이 개에 대해 취하는 태도는 1970년대쯤 사람들이 취했던 태도 그 이상도 그 이하도 아니다. 집 안에서 키우는 것만 허용했지, 나를 끌어안는다든지 뽀뽀하는 간지러운 짓은 하지 않는다. 내가 꼬리를 흔들며 반가워 뛰어들면 "저리 가!"라며 때로는 발길질도 하는, 개를 싫어하는 편에 속한다. 나도 나름대로 자존심이 있는지라 몇 번 예의상 반기는 척하다가 지금은 멀뚱멀뚱 쳐다만 본다.

김진국 이야기가 아닌데 또 옆길로 샜다. 이해해 주시라. 목적 지향적인 성향을 가지고 있지 않은지라 해찰이 심한 편이다. 할머니 이야기로 돌아가 보자.

할머니는 중증 치매를 앓고 있다. 아무도 기억하지 못한다. 자식은 물론이고 그동안 알았던 누구도 알아보지 못한다. 할머니는 그러니까 이 너른 지구에 아는 사람 하나도 없이 혼자 살아 있는 셈이다. 인류가 멸망한 지구에 혼자 남은 꼴이지만 그 사실을 인지하지 못한다는 점이 다행이면 다행이라고 할까?

– 멍멍.

내가 할머니를 향해 짖으면 할머니는 용케 내 소리를 듣고 반응한다.

"뉘신지 모르지만 고맙소."

세상에! 나를 사람으로 알고 고맙다고 한다. 내가 무얼 했기에?

나는 성대 수술을 당해 짖어도 소리가 나지 않는다. 나는 인간으로 치면 벙어리 신세다.

둘

할머니는 눈은 성성해서 내가 짖으면 말하는 줄 알고 답한다.

"뉘신지 모르지만 고맙소."

다른 말은 다 잊어버렸다. 오직 이 한마디만 할 줄 안다. 이를테면 할머니의 씨앗 낱말인 셈이다.

무슨 말이냐면, 평소 그 말에 물을 주고 가꾸면 몸에 그 말이 뿌리를 내리고 자리를 잡는다고 한다. 이렇게 키운 낱말은 치매에 걸려도 잊지 않고 그 말을 자주 쓴다고 한다. 그런데 씨앗 낱말을 고약한 언어로 키운 사람들은 정신을 잃으면 욕이나 부정적인 언어를 내뱉게 되고 상태가 급속도로 나빠진다고 한다. 내가 잡식성답게 덥석덥석 주워들은 말이다.

할머니는 간병인이 밥을 떠먹여 주면, 입에 물고만 있다.

"할머니, 씹으세요."

"씹어서 삼키세요."

간병인의 거듭된 말에도 할머니는 밥을 삼키지 않는다. 아니 못한다. 씹는 걸 잊었다.

─ 멍멍! 할머니 나처럼 해봐요.

안타까운 마음에 나도 덩달아 옆에 놓인 내 먹이 ─ 이 먹이에 대해서는 따로 얘기하기로 하고 ─ 를 깨물어 먹는 모습을 시범 조교처럼 보여주기도 한다.

"할머니가 전혀 음식을 삼키지 못하세요. 링거라도 맞으셔야 할 것 같아요."

간병인의 말에도 주인 김진국은 가타부타 말이 없다.

보다 못한 간병인이 믹서기에 음식을 갈아 억지로 떠넘

기기 시작했다.

이런 할머니에게도 루틴이 있다.

셋

이야기가 길어졌다. 각설하자. 20××년 모월에 나는 죽었다. 사고사도 병사도 아니다. 그렇다고 누가 나를 죽인 것도 아니다. 타살이라면 수사본부가 차려졌겠지만, 아직은 개에 불과한 관계로 폴리스라인이 쳐지는 그런 어수선한 일은 일어나지 않았다.

하기는 개들도 요즘엔 함부로 죽일 수 없다. 개를 죽인 자는 살인자라 부르지는 않겠고, 살견자가 되는 건가? 도살자인가? 개 권리가 개급을 넘어선 건 고무적이다. 아! 이렇게 할 말이 많은데 내가 죽다니, 유감이다.

내 죽음은 자살에 가깝다. 자살하는 동물이 있다는 소리는 들어보지 못했다. 개 나이로 열다섯 살이니 사람으로 치면 치매 걸린 할머니보다 내가 더 나이가 많다. 이 집안 누구도 내가 스스로 눈을 감았다는 것을 눈치챈 이들은 없다. 나이 들어서 죽었다고 생각한다.

나는 할머니가 누운 채 계속 몸을 돌리기 시작했을 때는 현기증이 나서 할머니를 향해 짖었다. 나중에는 할머니가 도는 방향 따라 나도 움직이기 시작했다. 할머니는 처음에는 천천히 몸을 돌렸다. 시곗바늘 반대 방향으로 돈 적은 없다.

새벽 4시, 눈을 뜨면 어둠 속에서도 할머니는 돌기 시작한다. 할머니를 따라 움직이기가 벅차졌을 때 나는 할머니 품으로 올라가 자리를 잡았다.

"뉘신지 모르지만 고맙소."

할머니는 웬일로 나를 쓰다듬어 주더니, 말했다. 매양 하는 소리지만 이날은 더 각별하게 들렸다. 나를 처음으로 쓰다듬어 주었기 때문이다. 이 집안 누구도 나를 쓰다듬어 준 적이 없다. '멍멍'이란 성의 없는 이름을 지어주었으면서도 이름도 잘 부르지 않는다.

사룟값 들이며 나를 키우는 이유는 단 한 가지 이유에서다. 이 집 남자의 직장 상사가 키우지 못할 사정이 생기자, 나를 이곳에 보냈다. 거절할 수 없어서 키우게 되었는데 가끔 상사가 내 안부를 묻는지라 밥이라도 먹이며 데리고 있는 중이다.

하여튼, 나는 할머니에게 '뉘신지 모르지만' 개가 되었다. 처음에는 균형을 잡기 어려웠지만, 일주일쯤 지나자 오히려 방바닥보다 편안해졌다. 할머니 가슴에서 내려올 때는 배변 활동을 하거나 먹이를 먹을 때뿐, 잠을 잘 때도 내려오지 않았다. 할머니는 몸을 돌리는 동안에 나와 눈을 맞추며 돌았고, 나도 그런 할머니에게서 눈을 떼지 않았다. 이 집안에서 딱히 쓸모없는 두 존재가 서로의 쓸모 있음을 확인하는 방식이었다.

"엄마, 아빠. 멍멍이가 할머니 따라 돌아요!"

이름을 누가 지었는지 특이한 이름을 가진 김찰공이란 이 집의 다섯 살배기 아들이 신기하다는 듯 방문을 두드리며 말했다. 이 아이는 할머니 방 안에 들어오는 법이 없다. 무섭다고 한다. 하기는 뼈만 남은 앙상한 할머니가 무섭기는 하겠다.

찰공의 말에도 이 집 사람들 누구도 할머니 방을 시늉으로나마 들여다보지 않았다. 오로지 간병인이 알아서 하겠거니 내버려두었다. 이런 생활이 오 년 정도 지속되었다. 할머니가 살아있는 것이 놀라웠다. 이 집 사람들은 할머니 숨이 자연스레 끊어지는 날만 기다리는 듯했다.

그들의 바람대로 20××년 모월 모일 아침, 할머니의 숨이

가빠지기 시작했다. 나는 알고 있었다. 오늘이 우리의 마지막 날이라는 것을, 이번 생이 끝나는 날이라는 것을. 한 달 전부터 할머니가 도는 속도가 느려지더니 겨우 한 번을 하루에 걸쳐서야 돌았다. 그리고 요 며칠 전부터는 아예 몸을 움직이지 못했다. 나 역시 오 년 동안 밖에 나간 적 없이 할머니 가슴팍에 앉아 있기만 한 터라 쇠잔해질 대로 쇠잔해졌다.

넷

꼼짝도 하지 못하던 할머니가 왼손을 들어 올리는 시늉을 하며 나를 쓰다듬는 시늉을 하였다. 그리고 눈을 한 번 뜨더니 입을 달싹였다. 나는 그 말이 무슨 말인 줄 안다.

"뉘신지 모르지만 고맙소."

할머니는 마지막까지 정중하게 인사를 차리고 떠났다. 그 말을 마친 후 할머니는 풍선에서 바람이 빠지듯 숨이 나가더니 조용히 눈을 감으셨다. 평생 종신, 마지막 가는 길에 같이 있어 줄 자식을 원했던 할머니는 결국 그 소원을 이루지 못하고 내가 뭐라고 개 따위가 할머니 마지막을 지켜드렸다.

후기

할머니의 죽음을 다섯 살 손자가 발견했다.

"엄마, 아빠! 할머니 머리 위에 이상한 옷을 입은 할아버지가 서 있어."

일주일 전부터 내 눈에도 그 할아버지가 보였다. 파란색 도포를 입고 머리에 높은 갓을 쓰고 있었다. 나는 몸이 약해져 헛것이 보이는 줄 알았다.

문 앞에만 있던 할아버지가 할머니 숨이 끊어지자 방 안까지 들어와서 가만히 할머니를 쳐다보고 있었다. 할머니가 지난 오 년간 가끔 정신이 들면 끊임없이 혼잣말해서 나는 알고 있었다. 그 할아버지가 할머니의 남편이라는 것을. 가끔 할머니가 번쩍 정신이 드는 때가 있다.

그런 때 하는 말이 "그냥 데려가, 그냥 데려가!"이다. 나는 대충 그 말의 의미를 알고 있다. 할머니 말에 의하면, 할아버지가 꿈에 나타나 십 년 후 데리러 올 테니 그때까지 견디며 살고 있으라고 했다는 것이다. 그러다가도 다시 정신을 잃으면 '뉘신지 모르지만 고맙소'로 돌아갔다. 가족들은 할머니가 어쩌다 가끔 정신이 돌아온다는 것도 모른다. 간병인도 모른다.

할머니가 숨이 끊어진 걸 보고도 아무도 울지 않았다. 여기저기 전화하느라 바빴다. 나는 할머니 품에서 내려와 커튼 뒤에 몸을 숨겼다. 그리고 할머니 돌아가신 뒤 세 시간 만에 죽었다.

16

번째 이야기

누가 이 여인에게 돌을 던지랴

뭐, 나라고 여기저기 똥 싸는 걸 좋아하겠는가? 아무리 개라지만 나도 남들 보는 데서 똥 따위를 싸며 살고 싶지 않다. 주인은 이제 나를 그만 기르고 싶어 하는 기색이 역력하다. 내가 생각해도 그럴 만하다. 내가 아무 데나 되는 대로, 그것도 자주, 심지어 많이, 똥과 오줌을 싸대니 주인은 이런 나에게 진절머리가 났다. 아니 미칠 지경이다. 나 때문에 과로로 입원까지 했다.

내가 말을 못해서 그렇지, 그동안 다닌 교육기관에 대해서는 할 말이 참 많다. 우리나라 분양 시장을 독점하고 있으면서 역시 교육기관 중 제일 넓은 부지를 가지고 있는 P 교육기관에서는 내가 그들의 커리큘럼대로 따르지 않고 습관대로 아무 데나, 되는 대로, 그것도 자주, 심지어 많이 똥을 내지르자 아예 밥을 주지 않았다.

그런데도 대장에는 내장된 배설물이 있었는지 나는 아무 데나, 되는 대로, 그것도 자주, 심지어 많이 똥을 싸고 돌아다녔다. 그러자 그간 배변 훈련을 받고 사람 흉내를 내던 개들이 일제히 나를 롤모델로 삼아 아무 데나, 되는 대로, 그것도 자주, 심지어 많이 싸기 시작했다. 두 손 두 발 다 들고 그간 받은 교육비를 전액 환불할 테니 "제발, 개만 데려가 주세요"라고 애원하고 또 애원하는 지경에 이르렀다. 어쩌겠는가? 도리 없이 주인은 나를 집으로 데려왔다. 나는 근 2주 만에 편안하게 일 층과 이 층을 오가며 배변 활동을 시원하게 하였다.

S 교육기관에서는 배변을 일정 장소에서 일정 시간에 일정량을 행하는 교육을 한다. 사람도 못 하는 일을 나더러 하라고? 별별 짓을 다 해도 원하는 성과를 거두지 못하자, 그들은 나를 CCTV가 없는 곳으로 데리고 가서 폭행하였다. 발로 차는 건 약과고 종일 좁은 공간에 가두어 두었다. 내 몸은 오물 범벅이 되었고, 주인이 오면 얼른 목욕을 시켰다.

"아우, 정말 개새끼네. 이 또라이 개새끼야! 다른 개들은 다 잘하는데 너는 귀가 막혔냐? 이 똥 멍청아! 너 같은 멍청한 똥개는 보덜 못 했다."

이런 언어폭력을 시도 때도 없이 해놓고도 분이 풀리지 않으면 자기들끼리 내가 들으라는 듯 "저 똥개 아이큐를 재면 한 5쯤 나올까? 5도 아깝다"라고 비하하며 웃어댔다.

그래 놓고는 주인이 나타나면 언제 그랬냐는 듯 입에 침도 안 바르고 거짓말했다.

"아유, 개가 참 영리해요. 예쁘게도 생겼어요."

나는 결코 예쁘게 생기지 않았다. 내 외모를 보자면 이렇다.

귀는 짧고, 눈은 작고, 코도 짜부러져 있어서 사람으로 치면 추녀에 속한다. 누가 봐도 추녀 급인데 그런 나를 예쁘다고 하면 주인이 그걸 인정하겠는가. 입에 발린 칭찬은 점수를 따기 어렵고 믿음을 줄 수 없다.

주인은 수척해진 내 몰골을 보고 수상쩍은 일이 있었음을 알아차리고 집으로 데려왔다. 또 깜박했다. 나는 수컷이 아니라 암컷이다. 사람들은 수컷이 나 같으면 좀 관대하게 대하려나? 교육기관에서는 가시내가 저러니 더 꼴 보기 싫다는 말을 자주 하였다. 성차별적 발언은 삼가해 주기 바란다.

　나는 래브라도리트리버로 이름은 '프리다'이다. 주인이
이름이라도 멋지게 짓자고 해서 프리다가 되었다. 원래 성
견이 되면 진돗개보다 살짝 큰데 하도 난리법석을 떠는 편
이라 그런지 진돗개보다 몸 사이즈가 작다. 다른 래브라도
리트리버는 모르겠고, 나는 유난한 성격이라 가만히 있지
못하고 촐랑대며 나댄다. 조신하게 있으면 주인도 덜 피곤
하련만.

　주인의 의지도 대단했다. 어떻게든 나를 고쳐서 키워보
려고 서울은 물론 경기도까지 다니지 않은 교육기관이 없
다. 교육기관을 전전하다가 이번에는 교정 행동에 일가견
이 있는 분이 나오는 방송 프로그램에 신청했다. 주인의
절절한 사연이 채택되어 드디어 그분이 나를 만나러 왔다.
그분은 집 안 여기저기 내가 내지른 업적을 보고 놀라는
표정을 지었다.

　"한 마리만 있는 거죠?"

　"네."

　"한 열 마리는 키우는 것처럼 보이네요. 아, 어디서부터
시작해야 할지…."

여주인은 민망한 표정으로 자신이 절대 게으르지 않다는 점을 강조했다. 주인은 게으르기는커녕 부지런하다. 하루에도 세탁기를 세탁소보다 더 많이 돌리고 있다.

교정 전문가는 먼저 이층으로 올라가는 계단 입구에 문을 설치하여 내 행동반경을 축소했다. 그리고 카펫이며 러그, 매트 같은 배변 유혹을 느낄 성싶은 물건들을 전부 치웠다. 나는 보드라워서 그곳을 배변 장소로 선택하는 게 아니라 그냥 변이 나오니 참지 못할 뿐이다.

방송에 나온다는 전문가는 차라리 내 괄약근을 조이는 운동을 시켜야 했다. 아니면 마인드컨트롤을 배우게 하는 편이 낫겠지만. 애효! 개 괄약근 조이기 운동을 시켜줄 이가 어디 있겠고, 있다고 한들 그걸 따라서 하는 개가 있을지. 음정 맞지 않은 노래를 가르치는 편이 쉽지 않을까?

교정 전문가는 거실의 가구며 소파도 치우게 하고 거실 한편에 넓고 긴 배변 패드를 깔았다. 이 층으로 올라가는 길을 차단 당한 나는 막아놓은 문 앞에서 펄쩍펄쩍 뛰어오르며 이 층으로 올라가려고 몸부림쳤다. 그렇게 몸을 움직이는 중에도 똥을 아무 데나, 되는 대로, 그것도 자주, 심지어 많이 쌌다. 전문가는 놀라서 나를 쳐다보았다.

"아니, 위로 뛰어오르면서도 똥을 쌉니까? 서커스에 내 보내도 되겠네요."

전문가는 나를 비웃는 듯한 시선으로 바라보며 방송에 적합하지 않은 용어를 내뱉었다.

아니, 저 양반은 이제는 서커스에서 동물 묘기를 보여주면 법에 걸린다는 것도 모르나? 아무튼, 그는 그동안 방송에서 보여주었던 모든 비법을 아낌없이 전해주었다. 주인은 열심히 받아 적었다.

열심히 받아 적는다고 없던 능력이 생기랴. 예전에 어떤 분도 열심히 적으며 업무를 보았지만, 결과는 바람직하지 못했다. 능력이나 자질은 필기와는 무관하다.

방송은 내가 아무 데나, 되는 대로, 그것도 자주, 심지어 많이 싸는 모습이 조금 교정된 것처럼 보여주었지만 나는 여전히 아무 데나, 되는 대로, 그것도 자주, 심지어 많이 싸고 있다. 교육할 수 없는, 교육이 소용없는, 교육에 길들지 않는, 나라는 개는 그렇게 태어났다. 그걸 주인이 알았으면 한다.

만물을 창조하셨다는 그분께 한 말씀 드리고 싶다. 방귀만 기체화시키지 말고 모든 배설물을 기체화시켰다면 인간이나 동물이나 깔끔하게 체면을 유지하며 살아갈 텐데,

왜 이렇게 궁색하게 만드셨는지.

풀메이크업을 한 여인이 얼굴에 색조 화장 잔뜩 하고 명품을 휘감고 변기 위에 앉아 있는 모습을 생각하면, 근엄하면서 자못 권위적인 남자가, 한 가지 더 추가하여 폭력적이기까지 한 어떤 남자가 변기에 쭈그리고 앉아 있는 모습은 어떤가?

만물을 창조하셨다는 분이시여! 이렇게 창조한 뜻을 알고 싶습니다.

"인간, 동물(?), 하여튼 피조물들! 느그들 백날 구르고 기고 날아봐라. 느그들은 구린 존재여! 고로 겸손할지니라. 땅땅땅!"

이런 뜻이 숨어 있을까? 개이지만 나도 부끄럽다. 뻔히 남들 보는 데서 이러고 있는 내가. 나도 다른 사교육 받은 조신한 반려견처럼 일정 장소에서 볼 일을 치르고 싶다. 보기에 아름다운 적당량을 싱그럽게.

이왕 말한 김에 불만 한 가지를 더 쓰고 싶다. 그렇다고 나를 불만주의자로 매도하지는 말아달라. 혹 신께서 다시 창조할 계획이 있으시다면 참고하시라고 드리는 충언이다.

왜 창조주는 우리 밤일도 벌건 대낮에 아무렇지 않게 아무 데서나 시선 상관없이 볼썽사납게 치르게 해놓았는지. 사람들처럼 장막 친 데서 일을 치르게 해 줄 수 있잖은가? 하기는 요즘 사람 일부는 벌건 대낮도 꺼리지 않지만.

우리도 사생활을 보장받고 싶다. 점점 사람을 따라가고 있으니 우리라고 그런 꿈을 꾸지 말라는 법은 없다. 멍청이 개들만 제가 사람인 줄 착각하고 산다고 누군가 말했다는데, 그 입바른 말을 읊을 줄 아는 개가 누군지는 나도 모른다.

주인은 조만간 결단을 내리려고 한다. 나를 다른 곳으로 보낼 것인가, 내 꼬라지를 인정하고 함께 살 것인가? 주인은 일주일 내 결정을 내겠다고 전문가에게 약속했다. 전문가는 마이크를 끄고 밸런스 게임 같은 질문을 주인에게 던졌다.

"배변 훈련이 안 되었지만, 사람을 물지 않는 개와 배변 훈련이 되었지만, 사람을 무는 개가 있다면 어느 개를 고르시겠어요?"

그는 내가 다른 곳으로 가도 천덕꾸러기가 될 것을 알고 그래도 이제껏 보살펴 온 주인에게 넌지시 권해본 것이리라.

생긴 것을 보면 인간미 없어 보이는데 속정은 있어 보인다. 참고로, 무슨 참고가 될지 모르겠지만 나는 순둥이다. 사람들은 대형견을 두려워하는데 사실 대형견은 의외로 유순하고 주인에 대한 충성심이 강하다. 사람을 어떤 동물보다 존중하고 아끼고 사랑한다는 걸 말씀드리며 이야기를 맺는다. 내 변론을 하라면, 혹은 아무 말 잔치를 하라고 한다면 이렇게 말하고 싶다.

– 누가 이 여인에게 돌을 던지랴?

17

번 째 이 야 기

열일곱 번째 이야기

나는 로봇 개, 슈타인입니다

나는 21세기 기술로 탄생한 로봇으로 개 형상을 하고 있다. '코 한 번 고는 새 택배'란 슬로건을 내세운 '당장'이란 유통회사에서 '블루펭견'이란 회사에 의뢰하여 만들어졌다. 블루펭견은 커피 로봇을 만드는 회사로 원래 이름은 '블루펭귄'인데 올해부터 개 로봇을 주력상품으로 밀기로 하면서 회사 이름을 블루펭견으로 바꾸었다. 이 이름에 대해서는 논평을 자제하겠다.

처음 나를 의뢰한 당장 회사 대표는 말 형상을 원했다. 말할 것도 없이 속도가 빠르다는 것을 강조하고 싶어서였다. 속도가 빠른 동물 몇몇이 거론되었다. 사자와 치타도 후보에 올랐으나 이들은 사나운 인상으로 고객에게 불쾌감을 줄 수 있다는 의견이 나와서 첫 번째로 제외되었다.

사람 얼굴로 하자는 의견도 있었으나 네발로 기어다니기도 해야 하니 외관상 보기 싫다고 해서 역시 제외, 합의를 보지 못하다가 사람들에게 친근한 개로 최종 결정 났다.

애국심 가득한 어느 직원이 우리나라 진돗개를 형상화하면 어떻겠느냐는 의견을 내었지만 무시되었고, 최종적으로 그레이하운드 형상으로 가자는 의견을 기술팀에 전달했으나 노력이 아깝게 이런 논의는 없던 일이 되었다.

개의 머리에 해당하는 부분에 일정이나 배달할 호수, 경로를 입력하는 모니터가 들어가게 되어 말만 개 로봇이지 네 다리 달린 모호한 동물 모습이 되었다. 등도 부드러운 곡선이 아니다. 짐을 실어야 하니 직사각형 모양의 판판한 판자처럼 만들었다. 실망스럽지만 어쩌랴. 용도에 맞춘 로봇이니 받아들일 수밖에. 아! 블루펭견 대표는 끝까지 파랑을 고집해서 로봇 개를 푸른색으로 제작하였다.

나는 아직 운전까지는 할 수 없다. 택배 기사와 함께 택배 차량에 올라타는 일은 스스로 한다. 안전벨트는 자동으로 채워진다. 로봇도 안전이 우선이다. 배달 장소에 도착하면 택배 기사님이 정보를 입력한다. 나는 입력된 대로 정확히 배달까지 완료하는 임무를 맡고 있다. 전체 라인은 아직 무리고 '라스트 마일' 구간만 책임지고 있다.

단 골목골목을 누비고 다녀야 하는 단독주택까지는 아직 무리다. 대단위 집합건물만 가능하다. 계단도 거뜬하게 오른다. 엘리베이터도 타고 내릴 수 있다.

내 이름은 '슈타인'이다. 아인슈타인에서 앞 글자만 뺐다고 한다. 내 주인은 엄밀히 말하면 나를 만들고 소유한 물류회사이지만 나는 '오공동' 택배 기사님을 주인으로 섬긴다. 그는 45세로 싱글이다. 결혼하고 싶어도 돈이 없어 결혼할 처지가 못 된다. 오공동 기사님이 언젠가 나를 쳐다보며 신세 한탄을 했다. 하소연할 데가 없었나 보다.

"야! 슈타인, 라디오에서 어떤 사연을 들었는데 화가 나더라. 나이도 60이 넘고 이혼한 데다 수입도 없는 남자인데 주변에서 두 사람이나 소개해 준다고 해서 고민이라고 하더라. 나는 주위에서 소개해 준다는 사람 하나 없는데 말이야. 하기는 뭐 소개해 준들 대책이 없지만."

– 기사님! 결혼은 나중 문제이니 만일 누가 소개하면 먼저 만나보세요. 만날 외롭다고 노래 부르지 말고요.

오공동 기사님은 말을 이어갔다.

"데이트하려면 돈이 있어야 하는데 슈타인아, 내가 안정

된 직장 다니다가 택배 기사를 하게 된 이유가 있단다. 페이스북에 '100만 원만 있으면 1억은 금방, 급등 주식 무료 추천. 절대 유료 아닙니다'라는 광고가 자주 뜨니 호기심이 생겨서 더 알아보기 버튼을 눌렀지. 그랬더니 '키다리 아재'란 유명한 스타 강사가 나와서 수익률을 공개하고 자기를 믿고 주식을 사라는 거야. 자기는 주식으로 대박 나서 100억 자산가가 되었다고.

끈질기게 뜨는 광고를 보다 보니 이상하게 신뢰가 가더라. 마침내 그들이 주는 번호를 입력하고 카톡방에 입장했어. 다들 돈을 벌었다는 거야. 마음이 급해졌지. 그들이 시키는 대로 했어. 처음엔 수익이 났어.

그러나 결과는 없던 빚이 쌓이고⋯. 빚 갚을 방법이 없는 거야. 이자가 무려 35퍼센트야. 그들이 말한 주식을 사기 위해 사금융을 썼거든. 이자가 눈덩이처럼 쌓이니 덜컥 두려워졌어. 주말에는 음식점 알바도 하고 퇴근 후에는 대리운전도 해 보았지만 역부족이었어. 부모님께 말도 못 하고 끙끙 앓다가 작년에 퇴사를 결심했지. 퇴직금으로 빚을 갚았는데 아직도 조금 남았어.

이 빚을 다 갚고 내가 조그만 집이라도 장만한 뒤 여자를 만나야지. 여자한테 내 고생을 나눠주고 싶지 않아. 그

유명한 강사는 내가 다 털리고 난 후에야 방송에 나와 자기 이름을 도용한 사기꾼들이니 절대 버튼을 누르지 말라고 하더구나. 기차는 떠났는데 무슨 소용이 있겠니."

로봇인 내가 한숨이 나온다. 로봇이라 나는 다행인가? 나는 계속 진화(?)를 거듭하고 있다. 내 머리 위로 두 팔을 더 붙여서 짐을 들고 이동할 수 있게 조만간 연구소로 보내진다. 내 덕분에 오공동 기사님이 조금이라도 편해졌으면 좋겠는데, 내가 있어도 기사님 업무량이 줄지 않아서 유감이다.

택배 기사가 부족한지라 기사님은 내가 배달하는 동안 다른 지역을 돌거나 택배 짐을 더 가져와야 한다. 오히려 일이 늘어난 셈이다. 회사는 효율만 따지기 때문에 1분 1초도 허투루 시간을 허비하게 놔두지 않는다. 돈을 주었으니 준 만큼 아니, 그 이상을 요구한다. 그러면서 회사는 적자라고 늘 엄살이다. 택배 기사가 과로로 숨지는 일도 종종 일어나지만, 뉴스에서는 그때만 반짝 이 문제를 다루고 잊힌다. 여전히 택배 현장은 열악하다.

다른 업종에 비해 하루 일당을 더 받으니, 젊은이들이 단

기간 돈을 벌기 위해 들어오지만 몇 개월 못 버티고 그만둔다. 그래서 당장에서는 로봇 개를 늘려 사람처럼 일할 수 있게 발전을 시키려고 엄청난 투자를 하고 있다. 조만간 대화도 가능한 로봇 개가 출시될 예정이라고 한다.

중국에서는 호텔 룸서비스도 로봇이 담당하고 있고, 스웨덴에서는 우체국에서 우편물 분류작업도 로봇이 하며, 어느 나라인가는 해녀 다이버 로봇도 있다고 한다. 몇 년 지나지 않아 사람 수보다 로봇이 많아지지 않을까? 횡단보도에서 신호등을 기다리다 보면 사람 옆에 로봇이 나란히 어깨를 함께하고 있을 날이 머지않았다.

택배 기사님들이 제일 싫어하는 물품이 생수다. 그 외 쌀, 절임 배추, 대량 주문 기저귀, 고가품, 유리그릇, 화학약품 등이 있는데 또 하나 배달을 꺼리는 물품이 있다. 특이하게도 고양이 사료라고 한다. 무겁기도 하지만 길고양이를 보살피는 캣맘들이 집이 아닌 고양이 밥을 주는 곳으로 대량 배달을 시킨다고 한다. 그들이 지정한 장소로 배송하지 않으면 컴플레인이 들어가니 무거운 걸 들고 여기저기 그 장소를 찾아다녀야 하는데 길고양이가 다니는 길인지라 장소를 찾기가 쉽지 않다고 한다.

오공동 기사님은 바로 그 고양이 사료를 이고 지고 오르막에 있는 빌라 뒷길로 배달하러 가다 나무뿌리에 걸려 넘어졌다고 한다. 내가 연구소로 보내진 뒤 일어난 사고였다. 그런 일이라면 이번에 양팔을 장착하고 온 내가 더 잘했을 텐데 유감이다.

오공동 기사님이 팔과 발에 깁스하고 나를 보러왔다.

"와, 슈타인! 무적이 되었네. 발이 네 개에 팔이 두 개, 자유자재구나. 부럽다."

내가 짐을 등에 지고, 손에 들고도 짐을 자유롭게 나르는 걸 보고 연신 감탄사를 내뱉는다. 오공동 기사님은 이름처럼 현재 삶에 공동이 생겼다. 살아가는데 어찌 공동이 한 번만 오랴. 공동이 생길 때마다 같이 함몰되어 버린다면 삶이 죽음이지 삶이겠는가? 주저앉지 않고 공동을 메꾸고 다시 걷기 위해 애쓰는 오공동 기사님께 내 로봇 손으로 박수를 보낸다.

18

번
째

이
야
기

열여덟 번째 이야기

나는 이유 없이 울지 않습니다

별이라고 했다. 하늘에서 빛을 발하는 것이. 밤이 깊어질수록 새로운 별이 돋아났다. 더 이상 별이 들어설 수 없을 만큼 하늘이 별들로 촘촘히 수놓아지면 하늘은 서서히 아주 조금씩 멀어지며 내가 알 수 없는 다른 세계로 물결 타고 떠내려가는 듯 보였다. 눈을 감으면 별을 따라 유영하는 내 모습이 보였다. 그렇게 나는 밤내 하늘을 날아다녔다.

새벽녘, 별들이 자취를 감추고 하늘이 희뿌옇게 밝아지기 시작하면 나는 현실로 돌아왔다. 오고 싶지 않아도 돌아올 수밖에 없는 곳. 눈을 뜨면 배가 고팠다. 주인은 기분 내키는 대로 밥이란 걸 주었다. 때로는 헛소리도 서슴지 않았다.

"몸이 뚱뚱해지면 고지혈증 걸리니 너희 개새끼들은 다 이어트를 해야 혀."

다이어트가 정확히 무슨 뜻인 줄은 몰라도 우리에게 밥을 덜 주려는 수작인 건 알 듯했다. 어차피 식용으로 우리를 팔 목적에 키우는 거라면 밥이라도 잘 먹여 키워야 할 텐데 사료를 산까지 운반하려면 힘이 드는지 그는 사료를 무척 아꼈다.

걸핏하면 그는 우리를 향해 욕설을 퍼부었다. 장작을 던지거나 패는 일도 다반사였다. 그가 개새끼라 부르는 우리는 길을 떠돌다 잡혀서 이 산속으로 들어왔다. 많을 때는 30마리가 넘었다. 지금은 8마리만 남아 있다.

그는, 아니 이 작자라 부르기로 하자. 이 작자는 텔레비전에 나올 뻔했다. 사비를 털어 유기견을 보호할 뿐만 아니라 돈을 받지 않고 입양하는 동물보호론자로 포장되어. 그러나 사전 조사를 온 작가라는 분이 오히려 이 위선자를 동물 학대로 고소했다. 쌤통이다.

우리 8마리 중 한 마리는 고발을 진행했던 눈 밝은 작가가 바로 입양하였고, 다른 6마리는 동물 구조단체로 보내졌다는데 이 작자 말에 의하면 10일 이내에 입양이 안 되면 안락사를 당한다고 한다. 아니 그러면 왜 구조를 하는가? 구조란 말을 붙이지 말아야지.

이런 사실을 알게 된 건 이 작자가 나에게 자신을 생명의 은인으로 여기라며 일러준 말이다. 그는 나를 인근에 사는 '소위 산속인'이라 불리는 다른 사람에게 맡겨 놓았다가 다시 찾아왔다.

"일곱 마리가 있어야 하는데 한 마리는 어디 있습니까?"

"고것이 질 영물이었는디, 살라고 줄을 끊고 도망가 버렸구먼요."

방송작가가 묻자 그렇게 둘러대었다.

이 작자는 술만 먹으면 우리를 지팡이로 두들기는 건 약과고 때로는 거꾸로 매달아 놓고 낄낄거리며 웃었다. 거의 숨이 턱에 차면 그때야 놓아주었다.

"이게 다 너희 개새끼들 훈련해 주는 거다. 참을성 훈련!"

그는 목에 건 호루라기를 시도 때도 없이 불어대며 우리를 훈련한답시고 '열중쉬어! 차렷!'을 시켰다. 그게 무슨 말인지 모르고, 설령 안다고 하여도 어떻게 흉내라도 내겠는가. 8마리 중 그나마 말귀를 알아듣는 나만 그 작자가 차렷 자세를 취하면 앞으로 나가 가만히 서 있었다.

"그래, 이 새끼들아! 이 새끼 따라 똑같이 하란 말이야."

새끼 때부터 버려져 교육이란 걸 받아본 적 없는 개들은 매를 피해 구석에 숨기 바빴다. 어차피 개장수에게 팔아버릴 것을 왜 얼차려를 시키는지 알 수 없는 작자였다. 우리에게는 그나마 이름이 있었다. 개새끼한테 무슨 주제넘게 이름이 필요하냐고 인근에 사는 소위 산속인이 말하자 그 작자는 바로 수긍하였다.

"말 듣고 보니 그렇네. 개새끼들한테 이름을 회수해야겠네. 야! '오선이' 너는 오늘부터 1번으로 부르면 되겠네."

그들은 무엇이 우스운지 서로 손뼉을 쳐가며 웃어댔다. 주인 작자나 소위 산속인이나 인성이 도긴개긴이었다. 소위 산속인은 산속에 사는 사람들을 다루는, 제법 시청률이 나오는 방송 프로에 나왔는데 그가 이 작자를 그 방송에 추천했다고 한다. 그 둘은 단백질 공급원으로는 개고기가 최고라며, 수시로 우리를 잡아먹었다. 여름에는 인근에 사는 산속인들을 불러 모아 복달임을 하였는데 막대기에 맞아 죽어가는 개들의 비명이 숲에 메아리쳐도 아무 일도 일어나지 않았다.

주인 작자는 여름이 다가오면 바빴다. 유기견을 잡아다

몰래 도축해서 업자에게 파느라 눈이 시뻘겠다. 같이 있던 개가 보이지 않을 때마다 다음에는 내 차례인가 싶어 불안했다. 사람들 눈을 속였지만, 그는 실제로는 절차 없이 잔인하게 개를 죽이는 도살업자였다. 그는 방송작가에게 신분이 들통나자, 산속 집을 다른 사람에게 넘긴 후 K시로 거처를 옮겼다. 다시는 개를 키우지 않겠다는 각서를 썼다고 하는데 그 종이 쪼가리가 무슨 효력이 있겠는가?

산에서 도망친 가짜 산속인은 A시 변두리에 세를 얻었다. 그는 옥상에 있는 기둥에 나를 매 두었다. 집도 마련해 주지 않았다. 도대체 왜 나를 데려왔는지 모르겠다. 밥도 산속에서처럼 어쩌다 준다. 물도 오래전에 떠다 놓아서 물이끼가 끼어 있다.

지금은 겨울이다. 나는 눈이 내리면 갈증을 해결하기 위해 눈을 먹었다.

추위를 막아줄 거적때기라도 하나 있으면 좋겠다. 살아 있다는 게 기적이다. 나는 살기 위해 지나가는 사람들을 향해 짖기 시작하였다. 지나가는 사람들은 내 울음을 위협으로 여기고 빠르게 골목을 빠져나간다. 내 울음은 나를 구해달라는 메시지다. 개는 이유 없이 울지 않는다. 누군가 내 울음을 듣고 구원의 손을 뻗어 주기 바란다. 주인이 나를 다른 곳에 숨기기 전에.

하늘을 본다. 별 하나가 간신히 버티고 있다. 죽는다고 해도 수천수만 개 별이 빛나는 하늘 아래서 죽고 싶다.

누가 나를 그곳으로 데려다주기를. 쉰 목소리로 오늘도 나는 짖는다.

혹여 골목길을 지나다 나처럼 묶여 있는 개가 짖으면 우리 외로움에 귀 기울여주시라.

세상의 작은 인기척에도 가슴이 화들짝 뜨거워지는 우리를 눈여겨보아 주시길.

19

번 째 이 야 기

빙산에 갇힌 이름 없는 개

"옛날 옛적에, 옛날도 엄청 오래된 옛날 그러니까 한 오백만 년 전쯤에 개 한 마리가 살았…."

"할머니, 오백만 년이면 지안이가 몇 살 때야?"

"그게, 넌 아직 태어나지 않았어."

"왜 나만 안 태어났어. 치, 엄마 아빠만 태어나고 나만 빼먹은 거야?"

"아니, 아니, 할머니도 태어나지 않았고 너희 아빠와 엄마도 안 태어난 먼먼 옛날이야."

"단군 할아버지도 태어나지 않은 옛날이야? 그때도 할머니가 먼~ 먼~ 머~언 옛날이라고 했잖아요?"

"아! 그게, 단군 할아버지도 있기 전 먼먼 저 우주보다 머~언 옛날 곱하기 오백 번 하고도 또 곱하기…."

233

"곱하기가 뭔데?"

"그러니까 지안아, 곱하기는 잠시 뒤로 미루고, 할머니가 이야기해 줄 때마다 '옛날 옛적에' 하잖아. 그러니 오늘도 그냥 옛날이라고 하자. 오케이?"

"그래도 나는 어떤 옛날인지 알고 싶어요. 할머니! 인어 공주보다 옛날이야?"

"그래, 인어 공주도 백설 공주도 소금 장수도 이 개에 비하면 갓난아기지."

"하여튼 지안아, 이야기 듣고 싶어?"

"네, 할머니 개 이름은 무엇이었어요?"

"이름이 없었어."

"왜요?"

"그 개가 살았을 때는 사람이 이 지구에 살지 않을 때거든."

"그럼, 사람은 어디에 살았는데요?"

"그러니까 아직 사람도 이 세상에는 나타나지 않은 때였어."

"그럼, 사람은 어디서 나타났는데요?"

"으음, 옛날에 옛날에 하느님이 사람을 만들었다고 해."

"하느님이 단군 할아버지예요?"

"아니, 단군 할아버지는 우리나라만 만들었대. 그 하느님은 이 세상을 전부 만드신 분이야."

"와! 엄청 힘이 셌어요?"

"지안아, 하느님 얘기해줄까? 개 이야기해줄까?"

"개 이야기요!"

"그래, 다시 시~작한다."

옛날에, 옛날에, 개 한 마리가 살았단다. 그 개는 이름도 없이 혼자 살았어. 지금으로 치면 남극 같은 곳. 아니, 남극에 살았어. 그때는 온 세상이 얼음으로 뒤덮여 있었는데….

"나도 남극 알아요. 와, 춥겠다."

"그래, 무지무지 추웠을 거야. 그래도 그 개는 꿋꿋하게 잘 살았어."

가끔 하늘을 나는 커다란 새를 보고 놀라기도 했지. 이 개가 살았을 때는 새도 엄청 컸단다.

"할머니, 얼마나요? 내 침대보다 커요?"

이때쯤 지안이가 내게 다시 물을 텐데 아무 소리가 없다. 이미 지안이는 꿈나라로 여행을 떠났다.

커다란 얼음산에 갇혀있다가 갑자기 모습을 드러낸 개

이야기를 손녀에게 들려주려고 하였다. 오백만 년 동안 얼음 속에서 잠자고 있던 개가 어느 날, 남극의 빙하가 녹으면서 사람들 앞에 모습을 드러낸 이야기를. 지안이의 상상력을 남극으로 데려가고 싶었다. 지안이가 자는데도 나는 이야기를 이어 나갔다.

질문이 없으니, 이야기는 빠르게 이어졌다.

남극의 서쪽 지역이 특히 빠르게 빙하가 녹아내려 갔지. 어느 날, 대한민국의 쇄빙선이 지안아, 너는 또 쇄빙선이 뭐냐고 물었을 거야. 다행이다. 할머닌 네가 질문할 때마다 진땀이 나거든.

하기야 아이들은 질문을 먹고 크지. 어른들은 일일이 질문에 대답하다가 간혹 지치기도 하지만. 지안아, 할머니는 너와 주고받는 이야기가 즐겁단다. 쇄빙선이 더 깊게 바다를 향해 들어가고 있는데, 아이고나! 커다란 빙산이 갑자기 앞을 가로막는 거야. 쇄빙선으로 부술 수도 없는 커다란 얼음산이었지. 이런 일은 한 번도 없었던 터라 선장은 당황했어.

남극이라 해도 보통은 유빙이 떠다니는 정도라 사실 얼음을 부수며 앞으로 나가야 하는 일은 흔치 않았거든. 분명 유빙은 뭐냐고 지안이가 물었겠지?

자, 이야기를 계속할게. 쇄빙선 안에는 마침 남극의 여름을 맞아 대학교에서 파견한 연구원들도 있었단다. 할머니가 나이 먹은 게 안타깝구나. 할머니가 젊다면 남극에 한번 가고 싶구나.

쇄빙선 안에 있던 80여 명의 사람들이 뛰쳐나왔어. 거대한 얼음덩어리 때문이 아니라 얼음 속에 어떤 동물이 있었던 거야. 놀랍게도 개였어. 몸집이 커다란 송아지만 한 하얀색 개였는데 귀 부분과 머리 부분에는 검은 털이 섞여 있었지. 지금의 개와 다를 바 없는 모습이었단다. 그 개는 위로 고개를 쳐들고 있었어. '지금 나에게 일어나는 일은 뭐지?' 그런 표정으로.

난리가 났지. 선장은 빙산이 떠내려가지 못하게 쇄빙선을 가지고 있는 나라의 기지에 무전을 쳤고, 얼마쯤 지나 10대의 쇄빙선이 빠르게 빙산을 에워쌌어. 이 모습이 실시간으로 전 세계에 퍼져나갔고, 전쟁 중이었던 우크라이나와 러시아도 싸움을 멈추고 그 추이를 지켜보았단다.

처음 얼음산 속에서 개를 발견한 대한민국은 먼저 소유권을 주장했어. 그러자 남극조약에 가입한 나라들이 전부

소유권을 주장하기 시작했어. 가입하지 않은 나라들도 외쳤지. 남극은 인류 공동의 땅이니 개는 공동소유라고.

사실 남극은 인류 공동소유는 아니라고 해. 남극조약협의당사국이면 소유권을 주장해 볼 수도 있지만, 할머니는 남극만이라도 영유권을 주장하지 않았으면 한단다. 지구에 존재하는 어떤 나라도 남극을 통해 이익을 가져가는 일이 없으면 좋겠어. 아직은 남극의 자원은 오직 연구 목적으로만 사용하고 있어.

이웃 나라 일본도 가만히 있지 않았지. 무엇이든 침 발라 놓고 자기 것이라고 우기는 아이처럼 어떻게든 숟가락을 얹으려고 이리저리 끼어들었어.

80억 지구인 중 한 40억은 댓글을 달며 의견을 쏟아냈지. 인류가 이처럼 같은 주제로 인터넷에 한꺼번에 우르르 달려든 적은 없었단다. '얼음산을 부수면 개가 살아 뛰쳐나올 수도 있다. 그물망을 준비하고 폭파해라. 펑!^^' '조작도 어지간히 해라. 외계인 있다고 조작된 사진 물리게 봤다. 전 지구인을 상대로 한 사기극! 가마솥에 푹 끓이면 개 맛나겠다. 입양하고 싶다' 등의 예측불허 댓글들이 올라왔어.

학자들도 애가 닳았지. 유전학자들은 저 생물을 꺼내어 인류의 탄생 계보를 밝혀야 한다고 거품을 물었고, 생물학자, 고고학자, 우주학자, 해양학자⋯. 모든 분야의 학자와 연구자들이 눈독을 들이며 자기네 나라로 얼음산을 끌어가려고 야단이었어.

개는 얼음산 속에서 오백만 년이나 잠들어 있다가 사람이란 족속에게 봉변당하고 있단다.

지금도 개는 쇄빙선에 포위당한 채 잡혀 있고⋯. 아! 개보다 오백만 년 후에 태어난 지구인들은 이름을 지어주자는 의견에는 이견이 없었단다.

최초 발견한 우리나라가 이름을 짓기로 했지. 우리나라 국가유산청에서 이름을 공모했어. 그러나 이름 후보들이 너무 많아서 아직도 그 개는 이름이 없어. 이름 없는 오백만 년 전 개는 여전히 쇄빙선에 포위되어 있단다. 무슨 일인지 모르겠다는 영문 모를 표정을 짓고서.

지안아, 너는 이 개를 어떻게 해주면 좋겠어?
우리 손녀는 이렇게 말할까?
"안녕, 잘 가! 빠이빠이. 또 만나. 사랑해애!"

지안이에게 이불을 바로 덮어주었다.

손녀가 우리 집에 오는 날은 이야기를 준비해 놓아야 한다. 준비가 안 된 날은 '옛날에 옛날에'로 무조건 시작하고 본다. 이야기를 들려주다 보니 패턴이 있다. 동물이나 사람이나 익숙한 곳을 떠나 길을 떠난다. 미지의 세계로. 최초의 인류가 지평선을 따라 알 수 없는 곳으로 걸어갔듯이. 새로운 생각, 새로운 세계를 보려면 여전히 떠나는 게 답이다. 손녀도 언젠가 길을 떠나리라. 손녀의 모험 길에 '옛날 옛적에' 이야기가 동행하기를.

20

번
째

이
야
기

짝사랑이라도 하고 싶은 개

비밀번호 누르는 소리가 난다. 버버버버버버, 여섯 자리 숫자가 울린다. 우리 집 도어록은 숫자를 누를 때마다 버버버, 소리가 난다. 우리 엄마처럼 살짝 모자라 보인다. 엄마는 들어서자마자 나를 안더니 울기 시작한다. 영문을 모르는 나는 촐싹대지 않고 품에 안겨 엄마의 처분을 기다리고 있다. 다른 때 같았으면 혼자 있었다는 생색을 엄청나게 냈을 것이다.

"어어어엉, 어쩌면 좋아?"

흘리는 눈물로 내 머리가 젖을 지경이 되었는데도 엄마는 나를 놓아주지 않는다. 숨이 막힐 듯해서 몸부림을 쳤다.

"어, 파비안느! 답답했지? 미안."

그제야 엄마는 나를 바닥에 내려놓고 다시 무릎에 얼굴을 묻고 울기 시작하였다.

– 도대체 무슨 일이람. 밥도 안 챙겨주고.

엄마의 슬픔보다 정직한 위를 가지고 있는 나는 우선 먹는 일이 시급했다.

– 엄마! 울음 사이사이 '금강산도 식후경'이란 말을 떠올려 주세요.

여기까지 쓰고 보니 개이지만 좀 치사하긴 하다. 한 끼 굶는다고 죽을 일도 아닌데 엄마 슬픔에 앞서 나의 배고픔을 우선시하느라 주절대고 있다니. 나는 밥을 포기하고 소파 밑에 엎드려 엄마의 울음이 그치기를 기다리고 있다. 집에 들어온 지 거의 세 시간이 지나서야 엄마는 울음을 그쳤다.

"파비안느! 배고프지?"

엄마는 그제야 내 식탁에 밥을 차려주더니 다른 때와 달리 내가 밥 먹는 걸 살펴보지도 않고 베란다로 나갔다.

엄마는 내가 바닥에서 밥을 먹지 못하게 한다. 나를 입양하기 전 이미 목공 학교에 등록해서 내 살림살이들을 다 만들어 두었다. 제일 마음에 드는 건 바로 이 식탁이다. 재질은 미루나무고 내 키에 맞게 높이와 넓이가 맞춰져 있다. 내가 자랄 것을 대비해서 높이를 조절할 수 있게 해 두었다.

의자도 넓고 길게 해놓아서 앉아서 밥을 먹는 데 하등 불편 없게 만들어 놓았다. 좁은 동물병원 철창 안에서 지내다가 이렇게 넓은 집에서 지내다니, 처음에는 내게 찾아온 행운이 믿기지 않았다. 다시 동물병원 작은 칸에 갇힐까 봐 두려워 처음에는 계속 눈치를 보며 지냈다. 지금은 엄마의 외동딸로 남부럽지 않게 지내는 일에 익숙해졌다.

식탁에는 분홍 패랭이꽃이 그려져 있다. 엄마가 좋아하는 꽃이다. 나도 이 패랭이꽃이 좋다. 밥을 다 먹고 물도 마시고 간식으로 나온 말린 전갱이도 먹었다. 뭐, 내가 진짜 자식이라면 내가 먹은 밥그릇 정도는 치우고 싶지만 아쉽게도 천상 개인지라 그대로 두었다.

내 입장에서는 외동딸로 불리는 게 미안하다. 엄마가 38세라고 하지만 결혼할 수도 있지 않은가? 친구하고 아직도 남자 얘기로 한두 시간씩 수다를 떠는 걸 보면 분명 비혼주의자는 아니다.

만일 결혼하여 딸을 낳는다면 딸을 뭐라 부를지 걱정된

다. 나도 딸이니 나를 설마 언니라고 부르게 할까? 엄마란 귀한 호칭을 나한테 먼저 주어버린 걸 안 딸이 서운해하지는 않을까?

서양 사람들은 개를 이름으로만 부르지, 족보를 얽히게 안 하는데 유독 한국 사람들은 족보를 쉽게 던져버린다. 불과 백 년 전만 해도 좋은 족보를 얻기 위해 돈 주고 성씨를 샀던 민족이었건만. 하기는 식당에서 일하는 아줌마에게도 이모도 아닌데 "이모! 밥 추가요." "이모! 고기 4인분 주세요." 천연덕스럽게 구는 걸 보면 우리나라 사람들이 좀 묘한 구석이 있다. 무언가 미화하려는 성향이 강하다고 봐야 할까?

조금 결이 다른 이야기이긴 하지만 묘한 면을 하나 더 짚고 가 보려 한다. 엄마와 갔던 제주도 여행길에서 본 뱀 표지판이 그랬다. 수목원 산책 중 중간중간 '뱀 조심'이라는 경고 표지판이 붙어있는데 거기 그려진 뱀 그림이 너무 귀여워서 나는 자꾸 표지판 쪽으로 다가갔다.

"안 돼! 파비안느, 거긴 뱀이 나올 수도 있어."

– 아니, 엄마! 뱀 얼굴이 너무 동글고 귀여운 아기 같아요. 가서 쓰다듬어주고 싶어요.

뱀을 조심하라는 경고를 하고자 했다면 뱀을 무섭게 그려놓아야 할 게 아닌가. 한 외국인이 우리나라 관광지에 그려진 그림들을 보고, 한국 사람들은 모든 그림을 캐릭터화하는 통에 전하고자 하는 메시지가 흐려진다고 말했다는데 나도 동의하는 바이다.

그래, 이쯤에서 나의 같잖은 이야기는 그만하고 우리 엄마 사정을 알아보기로 한다. 엄마는 베란다에 있는 창고에서 담배를 한 대 피우고 온 모양이다. 집에서는 담배를 피울 수 없는데 가끔 창고에 들어가 담배를 피우고 온다. 그러고는 페브리즈를 잔뜩 뿌리는데 어떤 날은 즉각 방송이 나온다. 누가 잽싸게 신고한 모양이다.

"주민 여러분께 알립니다. 베란다에서 담배 피우는 행위는 금지되어 있습니다. 주의 부탁드립니다."

이런 방송이 나오기 때문에 엄마는 담배를 피우고 싶어도 가능한 한 참는다. 그러나 어쩔 수 없는 때도 있는 법, 일 년에 한 네댓 번은 규칙을 어긴다. 학교에서 다른 교사와 갈등이 생겼을 때라거나 학생들이 문제를 일으켰을 때, 남친과 헤어졌을 때다.

그런 때는 줄담배를 피우거나 혼자 운다고 해도 저렇게

애타게 울지는 않았다. 엄마는 슬프고 지친 얼굴로 들어왔다.

"이리 와. 파비안느, 엄마가 오늘 매우 슬프단다. 너도 알지? 세훈 삼촌이 나에게 이별을 통보했어."

"뭐야? 둘이 나 몰래 사귄 거야? 아닌데? 엄마는 얼마 전까지 남친이 있었잖아. 양다리였어? '나쁜 걸' 같으니…."

엄마가 그날 밤 내게 해준 이야기의 전말은 이러했다.

나도 알고 있었어. 고등학교 시절부터 세훈이가 나를 좋아한다는 걸. 하지만 모른 척했어. 대학까지 같은 학교, 같은 과를 다녔고 동아리 활동도 함께하는 동안 세훈이는 나에게 이성으로 사귀고 싶다는 신호를 계속 보내왔지만 난 모른 척했지.

내게 세훈은 동성 친구 같은 존재였어. 아니 그래야 했어. 고민도 얘기하고 남친 흉도 보고. 내가 고등학교 시절부터 사귄 남자만 해도 한 10명은 될 거야. 그동안 세훈은 단 한 번도 여자를 정식으로 사귀지 않았어. 너도 알지? 우리 학교 영어 가르치는 김 선생을 소개해 주었잖아? 세훈이가 두 번쯤 만나다가 그만둬서 김 선생과 내가 서먹해져 버렸지만.

하여튼 그전에도 몇 번 소개팅했지만 늘 흐지부지 끝내더라. 세훈이는 오늘 TV에 한 번만 출연해달라고 해도 절대 나오지 않는 W 세프가 운영하는 파인 다이닝 코스를 예약해 놓았어.

"이런 데는 여친 생기면 기념일에 데리고 오는 곳이야. 너 잘 나간다고 나한테 위세 부리는 거지?"

세훈이는 여의도에서 잘 나가는 펀드 매니저로 국제 금융그룹에 스카우트 돼서 며칠 후면 뉴욕으로 떠나게 되어 있었거든.

우리는 식사를 마치고 마침 근처에 오픈한 에스프레소 오마카세 카페 '솔로투'에 들렀어. 솔로투란 이름이 독특해서 무슨 뜻이냐 물었더니 '오직 당신만을 위하여'란 의미라 하더구나. 카페인이 제거된 에스프레소를 한 석 잔 마시고 나니 드립커피를 주길래 커피를 들고 야외로 자리를 옮겼지. 세훈이는 한참 말없이 앉아 있었어. 평소 이런 적이 없었어. 만나면 늘 떠들썩했거든.

"무슨 일 있어? 꼭 실연당한 얼굴이네."

"맞아! 난 수없이 실연당했고 이제 그만 실연을 끝내고 싶어."

"이미 실연당했다며? 끝난 걸 어떻게 또 끝내?"

"여전히 별이 없는 하늘이야. 그래도 달이라도 있어 다행이지…."

세훈은 하늘을 올려다보더니 뜬금없는 말을 독백처럼 읊조리더라.

"인교야, 이제 정말 그만두기로 했어."

"아까부터 뭘 그만둔다는 거야?"

"너를 사랑하는 일."

엄마는 가슴이 뜨끔했단다.

"너는 내 마음이 언제부터 너를 향해 기울어 있었는지 알잖아. 지난 15년 동안 나는 내 마음과 네 마음이 합쳐지길 간절히 원했지. 널 친구로서가 아닌 이성으로 좋아한다고 수없이 고백하려고 했지만, 친구마저 잃을까 봐 망설였어. 너는 뻔히 내 마음을 알면서도 번번이 외면했고. 지난 세월 너만 바라본 거 후회하지 않아. 사실 용기를 내어 차라리 오늘을 고백의 날로 잡자고 결심했지만, 오늘로 이 짝사랑 매듭을 풀어서 놓아주기로 했다."

세훈은 그동안 지고 있던 짐을 벗은 듯 홀가분한 표정이었어.

나는 아무 말도 할 수 없었단다.

"야! 어색하게 왜 그래?"

간신히 한마디하고는 내일 제출할 서류가 있다는 핑계를 대고 도망치듯 집으로 왔어. 그러나 파비안느, 사실은 가슴이 걷잡을 수 없이 떨려서 그 자리에 있을 수 없었어. 세훈이 이제 나를 사랑하는 일을 그만두겠다고 말한 순간부터 바통을 이어받듯 그를 향한 짝사랑이 시작된 거야.

세훈이 이성으로 느껴지면서 내 심장인데도 통제할 수 없었어. 심장 뛰는 소리가 귀에 쿵쿵 울려 세훈이 앞에 앉아 있을 수가 없었단다. 내 심장 소리를 들킬 것만 같았어. 그래서 도망쳤어. 붙잡고 싶었지만 그럴 수 없었어.

이제 와 세훈을 흔들고 싶지 않아. 세훈은 내 모든 과거를 낱낱이 알고 있잖아. 이제야 비로소 참담한 기분이 들어. 그동안 사귀었던 남친 얘기를 적당히 까발릴 걸…. 우린 설혹 맺어진다 해도 넘어야 할 산이 너무 많아.

이 말을 끝낸 뒤로도 엄마의 울음은 장마철 만난 비처럼 그칠 줄 몰랐다. 엄마가 어떤 결정을 내렸는지 모른다. 산을 넘기로 한 건지, 산을 넘지 않기로 했는지. 덕분에 내가 우울증에 걸렸다.

사랑앓이를 한 번도 못 해 봐서 엄마가 짝사랑 때문에 우는 것조차 부러웠다. 누가 다정하게 불러줄 이도 없는데, 이름만 파비안느면 뭐 할 건가.

바람이 분다. 봄바람이 휘날린다. 바람 타고 사랑의 폭죽이 시도 때도 없이 터지는 계절이다. 아파트 뒷산에서는 새들이 밤낮없이 운다. 뻐꾸기, 할미새….

봄이 가기 전, 사랑을 맞이하려고 목이 쉬도록 운다. 새 울음소리를 듣고 있으면 가슴이 먹먹해진다.

21

번 째 이 야 기

짝사랑으로 직진하는 불도그

휴, 한숨이 절로 나온다. 아니, 감탄사라고 해야 하나? 하기는 감탄사에 한숨이 섞였으니 '감한사'라고 해야 정확하겠다.

세상에 이제껏, 참고로 나는 세 살이다. 굳이 나이를 밝히는 이유는 나도 남녀상열지사에 관해서는 알 만큼 안다는 의미에서다. 나는 섹시 견을 좋아한다. 특히 히프가 섹시한 견을 보면 세포 하나하나가 춤을 춘다.

그녀를 처음 본 순간, 당연히 사랑에 빠졌다. 그렇게 섹시한 엉덩이 아니, 엉덩이라 하면 왜 저속하게 느껴지지? 그건 기회가 오면 나중에 논하기로 하고, 히프를 본 적이 없다. 어스름한 분홍빛이 감도는, 구름처럼 뭉실뭉실한 그녀의 히프를 보면 이름도 성도 모르지만, 어찌 그녀에게

253

빠지지 않으랴. 앞모습은 보지 못했다. 앞모습도 히프 못지 않게 섹시하리라. 앞모습은 사실 궁금하지 않다. 내가 인간 이고 뭐, 〈나 혼자 산다〉 같은 프로그램에 나왔다 치자.

"여자를 보면 어디에 제일 먼저 눈이 갑니까?"

진행자가 이렇게 묻는다면 당연히 나는 말하겠다.

"히프요. 알맞게 튀어나온, 볼링공처럼 탄력 있는 히프 야말로 섹시 그 자체지요."

그렇게 말하겠다. 지나치게 직설적으로 솔직하게 답했 다고 방송에서 퇴출당할 수도 있지만, 섹시한 엉덩이를 포 기할 마음은 추호도 없다.

그녀는 그 대단한 히프를 가만두지 않는다. 히프를 씰룩 이며 걷는다. 분명 내가 보고 있다는 것을 그녀는 알고 있 다. 나에게 신호를 보내는 것이다.

– 어이, 거기 브르둑 씨! 나 근사하지 않아?

– 당신 같은 불도그가 나 같은 섹시 견을 본 적이나 있 겠어?

– 어때? 정신이 혼미해지지?

– 내게로 돌진해! 뭘 망설여?

그런 신호를 끊임없이 타전한다. 그런데도 나는 달려가

지 않는다. 아니 달려갈 수 없다. 카페에서 주인 허락 없이는 혹은 주인이 동반하지 않으면 한 발짝도 나가지 않도록 훈련받았기 때문이다.

교육의 힘은 무섭다. 뇌와 심장 세포가 날뛰어도 잠재우게 하는 묵직한 힘이 있다. 나는 혹시라도 그녀가 느닷없이 나타날까 봐 유리문 가까이 가서 수시로 밖을 살펴본다. 손님들은 자기 멋대로 떠든다.

"랄프, 힘드니까 여기 와서 앉아."

"밖에 재미있는 게 있어?"

"랄프는 움직이는 것에 관심이 많아요. 특히 어린아이가 보이면 끝까지 쳐다봐요."

— 천만에요, 주인님.

주인조차 헛다리를 짚고 어이없는 말을 한다. 어린이를 싫어하지는 않지만 그다지 좋아하지도 않는다. 어린이와 노는 건 딱 한 시간이다. 아이들은 그치는 법을 모른다. 그 이상이면 피곤해서 어디론가 숨고 싶다. 내 관심사는 오직 그녀뿐이다.

그녀는 일주일에 두 번만 볼 수 있다. 매일 보면 좋으련만. 그녀는 카페 옆문에서 나타나 정문 쪽으로 걸어오다

비스듬히 방향을 바꾸어 큰 도로로 나간다. 카페 구조상 나는 그녀의 뒷모습만 볼 수 있다. 화요일과 금요일 정확히 6시에 그녀가 나타난다. 그녀의 여주인은 카페 출입구 쪽에 오면 그녀의 목줄을 세차게 잡아채 얼른 품에 안고 가버린다. 그녀가 여기쯤 오면 나를 의식하고 걸음을 멈춘다는 걸 알기 때문이다.

그녀의 여주인은 냉정하다. 한 번쯤 그녀를 돌려세워 나를 쳐다보게 해 줄 수도 있으련만 완전히 나를 개무시한다. 그녀에 비하면 나는 야수에 가까우니 미리 단속시키는 걸까?

하기는 내가 생각해도 그녀와 나는 어울리지 않아 보인다. 나는 블랙에 얼굴은 눌러놓은 말똥상에 다리는 굵고 짧으니…. 그녀는 몸집도 앙증맞은 데다 눈부신 하얀, 따스한 털을 지니고 있으니…. 그래도 내 영혼은 그녀의 탐스러운 털만큼 풍성하고 보드랍고 순수하거늘.

그녀의 여주인은 분명 성격도 까칠하고 공감 능력도 없고 아마 얼굴도 별로일 것이다. 한 번쯤 우리 카페를 방문하여 나와 인사쯤은 시켜줄 수 있지 않은가.

나는 사람들에게 즐거움을 주려고 노력하고 사람들과

친화력도 뛰어나 반려견으로는 제격이다. 어떤 책에서는 불도그를 개 중 가장 머리 나쁜 품종으로 소개하고 있으나, 근거 없는 소리다. 나는 사람들 말도 잘 알아듣고 주인이 훈련 시킨 대로 실수 없이 행한다.

이제껏 읽지 않았는가? 주인 허락 없이는 카페 밖으로 나가지 않고 쳐다만 보는 기막힌 참을성에 대하여. 그녀를 그토록 사랑하는데도 함부로 행동하지 않는 나 같은 견을 본 적 있는가?

용모는 좀 떨어져도 (카페 고객들은 그래서 더 내가 좋다고 한다) 내 몸빛? 그런 낱말이 있다면, 내 몸빛은 방금 검정 페인트 통에서 빠져나온 듯 완벽한 블랙이다. 더하여 이건 나만 가지고 있는 강점이자 장점인데 나는 영역표시를 하지 않는다. 진화된 불도그라고 감히 말하겠다.

반려견으로 수십 년을 살아왔는데 아직도 무슨 들판에서 사는 양 영역표시를 하는, 산책만 나가면 낯 뜨거운 짓을 하는 아이들이 있다. 표시한들 아무 소용도 없는 짓을 왜 하는지. 나는 진즉 알아채고 표시 따위는 하지 않는다. 표시하느라 산책을 제대로 못 즐기는 견들을 보면 안타깝다. 나는 소변이나 대변은 정해진 장소에서만 거행한다.

주인을 배려하는 일은 반려견으로서 갖추어야 할 기본

소양이다. 주인이 언제까지 배설물 때문에 고생해야 하는가. 이제 반려견들도 부끄러움이란 대단한 덕목을 알아야 한다. 인간들은 그런 일은 혼자 은밀히 하고 있잖은가. 대체로 속 안에 있는 것이 밖으로 나오면 아주 비위생적이고 더럽다. 모름지기 속이나 밖이나 간수를 잘해야 한다.

아! 내가 카페 이름을 말했던가? 이름이 중요할 때도 있고 중요하지 않을 때도 있는데 이번에는 후자라서 굳이 밝히지 않았다. 그래도 한 분이라도 궁금해하신다면 일러줄 용의가 있다. 개 전용 DM으로, 개인적으로 연락해 주시길 바란다.

자, 다시 본론으로 들어가자. 카페에서 주로 시간을 보내는지라 나는 그런 점에 특별히 주의를 기울인다. 내가 영역표시를 한답시고 카페 바닥에 수시로 오줌을 지린다면 그 카페에 누가 올 것이며, 심지어 아무 데나 대변을 흘린다면 우리 주인은 카페 문을 닫아야 한다.

나는 조신하게 조용조용 걷는다. 이곳은 북카페라서 손님들이 조용히 책을 읽는데 내가 우당탕거리며 카페 안을 휘젓고 다니면 좋을 일이 없다. 그래도 커피에 쿠키를 곁들여 먹는 손님이 있으면 조용히 다가가 그윽한 눈빛으로 쳐다보기는 한다.

손님들은 나한테 쿠키 부스러기도 주지 않는다. 주인이 말하지 않아도 손님들 대부분이 반려견을 키우는지라 함부로 먹이를 주면 안 된다는 것을 알고 있다. 반려견 동반 카페는 아니다. 반려견을 데리고 왔다면 카페 문 앞에 두어야 한다. 이 카페는 오직 나만 입장이 가능하다. 영역표시를 하지 않는 진화된 개 말이다.

오늘도 그녀가 지나간다. 여전히 분홍빛 도는 털을 부풀리며. 마침, 그녀가 가는 길에 눈이 온다. 그림 같다. 나는 유리창 너머로 그녀를 본다. 나는 짖지 않는다. 말없이 바라본다. 이루어지지 않는 사랑은 괴롭지만, 짝사랑은 깊은 겨울처럼 익어 간다. 이번 생은 짝사랑으로 끝내련다. 최고의 사랑은 짝사랑이라는 말이 있던가? 짝사랑이야말로 격조 있는 사랑이라고 말하련다. 한결같음, 진실, 깊이, 응시, 침묵, 애절함, 열중, 몰입….

여기 내가 있는 한, 그녀가 일주일에 두 번이라도 좋으니 거르지 않고 지나가기를 바란다. 매일 아니어도 좋다. 오늘따라 날씨가 춥다. 그녀는 추위에 약하겠지. 그녀가 모쪼록 감기에 걸리지 않기를.

그녀가 온다. 그녀 내음이 피어 번진다.

22
번째 이야기

스물두 번째 이야기

주인의 마지막을 함께한 말라뮤트, 요셉

하나

담당 의사가 가족들에게 마지막 인사를 하라고 하였다. 일분일초가 아까운 상황이었다. 주인은 마지막 숨을 내쉴 때까지 의식이 또렷하였다. 주인보다 한참 어린 부인은 의외로 그 상황을 침착하게 받아들이고 있었다.

"여보, 걱정하지 말고 편히 가. 내가 아이들 결혼도 시키고 잘 마무리 짓고 당신 만나러 갈게. 무서워하지도 말고. 사랑해 여보! 그동안 나를 위해 가족들을 위해 헌신적으로 살아줘서 고마워."

"아무것도 할 줄 모르는 당신한테 책임만 주고 떠나서 미안해."

의사가 특별히 허락해서 나도 주인에게 마지막을 고하게 되었다.

아무리 개라지만 나도 눈치는 있다. 주인이 무지개다리를 건널 시간이 임박했음을 알아차렸다. 평소 같았으면 주인에게 다가가 없는 애교를 떨었겠지만, 오늘은 주인과 눈을 맞추며 그의 마지막 눈빛을 응시하였다.

"잘 살거라, 요셉! 아프지 말고."

내 이름은 '요셉'이 아니라 요섭이다. 안주인은 독실한 기독교인이다. 처음 나를 유기견 센터에서 데려온 날 요셉으로 이름 짓고 싶어 했으나 예수님의 시체를 거둔 거룩한 분의 이름을 나한테 붙이기에는 불경스럽다며 요셉처럼 살라는 의미를 담아 요섭이라고 하였다.

유기견이었던 나에게 거처를 주고 일용할 양식을 준 건 평생 갚아도 모자랄 은혜지만 은근히 사람이 아닌 동물로만 취급하는 것 같아서 살짝 기분이 나빴다.

나야 동물로 살고 싶지만, 사람들이 나를 자꾸 인간화시키니 언젠가부터 나에게 인간 대접을 안 하면 차별에 항의하고 싶다. 그런들 내 속을 전할 수 없으니 흥칫뿡이지만 누가 내 맘을 알리요. 자, 각설하고, 본래 하려던 이야기로 돌아가자.

나는 대형견으로 품종은 말라뮤트다. 알래스카 이누이트족에서 그 이름이 유래되었다고 하는데 뭐, 썩 중요한 정보는 아니다. 주인이 죽어가는 마당에. 그래도 한 마디 덧붙이자면 내 몸집이 커서 사람들이 처음 보면 겁을 내는데, 대부분의 대형견이 몸집과 다르게 유순하고 주인에 대한 충성심이 뛰어나듯 나 역시 그렇다. 특히 가족 간 유대감이 뛰어나다.

안주인은 입양 후 나를 위해 이사까지 감행했다. 아파트에서 대형견을 키우는 건 주인이나 개나 못 할 짓이기 때문에. 안주인은 과감히 아파트를 팔고 소위 '타운하우스'로 거처를 옮겼다. 명칭을 타운하우스라 붙인 단독주택 단지다.

주인이 대기업에 다닌다지만 월급이라는 건 대리일 때나 부장일 때나 남아돌게 풍족한 법은 없어서 주인집 살림은 늘 그만그만한 수준이다. 아파트를 살 때도 대출을 70퍼센트나 받아서 샀다고 들었다. 귀가 있으니 무슨 소린들 못 듣겠는가. 다만 사람처럼 들었다고 냉큼 다른 사람 귀에 털어놓지 않는다는 점이 우리네 종족의 탁월한 장점이다.

인간들이 늘 그 귀와 입단속을 잘못해서 천국에서 지옥

으로 떨어지는 경우를 익히 보아온지라 그런 이들을 보면 안타깝다. 나를 유기한, 연예인이었던 전 주인이 그랬다. 전 주인 이야기는 기회가 되면 나중에 하겠다. '나중에'나 '다음 기회'라는 말은 보장성이 약한 낱말들인지라 약속을 지킨다고 장담은 못 한다.

우리 주인이야말로 해가 될 말을 들으려고 귀를 혹사하지 않았고, 입을 채신머리 없이 나불거리지 않는 점잖은 사람이었다. 요즘에는 점잖은 사람 보기가 쉽지 않다. 점잖다는 뜻은 '속되지 않다, 고상하다, 의젓하다, 듬직하다, 예의 바르다, 묵직하다, 고상하다' 같은 의미일 것이다.

주인도 점잖지만 나 역시 점잖은 편에 속한다. 우선 화내는 일이 없다. 개나 사람이나 버럭버럭 화를 내는 이들은 점잖음과는 거리가 멀다. 주인은 아들이 시험 점수를 낮게 받아도 "잘했어", 점수를 높게 받아와도 "잘했어"이다. 옆집과 다르게.

둘

옆집에는 '징글벨'이란 이름을 가진 보더콜리가 산다. 주인이 크리스마스 광이라 개 이름도 그렇게 지었다고 한다.

옆집은 사시사철 마당에 크리스마스트리를 세 개나 세워 두고 있다. 나는 들어가 보지 않았지만, 징글벨 말에 의하면 집 안에도 트리가 있고 크리스마스 리스며 가렌드가 벽마다 붙어있어 정신이 시끄럽다고 한다.

장식을 좋아한다고 해서 점잖지 못하다고 할 수 없겠지만 옆집 주인은 점잖지 못할 확률이 높다. 우선 마당에서 다른 집을 배려하지 않고 징글벨과 유난히 시끄럽게 노는 걸 보면 그렇다. 징글벨은 이름과 다르게 썩 명랑한 개는 아니다. 나처럼. 삶이 우울하지도 않지만 그렇다고 개로 사는 게 썩 마음에 드는 삶은 아니다.

과연 내 삶이 무슨 의미가 있을까? 생각하면 밥맛이 떨어진다. 하기야 사람들도 크게 다르지 않은 것 같아서 위안을 받고는 있다. 사람이나 개나 삶의 의미를 찾기 시작하면 그때부터 머릿속이 복잡해진다. 그래서 내 인생 모토는 그냥 '하루만 살아보지 뭐!'이다.

가만, 무슨 얘길 하다가 여기까지 왔나? 아! 그 시끄럽고 점잖다고 결코 말할 수 없는 옆집은…. 그래, 시험 기간이 되면 초비상이 걸린다고 했던가? 말하지 않았다면 미안하다.

옆집 아이들은 우선 밖에 나오지 않는다. 그 집 아저씨가 아이들 외출복을 감춰놓는다는 소문이 있다. 자기가 무슨 선녀를 얻은 나무꾼도 아니면서 나무꾼 흉내를 낸다. 부인은 선녀처럼 예쁜가? 썩 그렇지는 않아 보이는데 뭐, 개 세상과 인간 세상 미의 기준이 다르니 그냥 넘어가기로 한다.

그 집 아이들은 칭찬을 들은 적이 없다. 억지로 공부해서 높은 점수를 받아도 다음 달에 점수가 일 점이라도 내려가면 또 그놈의 정신 타령이란다.

"한 개만 더 맞았으면 100점이잖아? 도대체 정신을 어디다 팔고 다니는 거냐?"

"도대체 정신이 있는 놈이냐?"

하여튼 옆집은 정신머리 없는 두 아들과 칭찬에 인색한 아저씨 그리고 남편 말에 토를 달지 못하는 아주머니가 산다.

어떻게 이 모든 일을 아느냐고? 누구한테 듣겠는가. 높이 던지는 공을 점프하여 잡아도 칭찬 한마디 못 듣는 옆집 사는 내 친구 징글벨이 소상하게 얘기해주었겠지.

옆집을 보고 깨달은 바가 있다. 크리스마스를 좋아하는 것은 사람의 품성과는 전혀 무관하다는 것. 아닌가? 옆집 아저씨는 교회를 다니지도 않으면서 왜 크리스마스를 좋아하는지 거참! 개 이해 난득하다.

교회 이야기가 나왔으니 우리 주인아저씨 이야기를 마무리 짓도록 하자. 주인아저씨는 10년 전 췌장암 수술을 받았다. 수술받고 항암치료도 받고 5년이 지나도 재발하지 않아서 다들 안심하던 차, 일 년 전 재발하였다.

그는 재발한 사실을 가족에게 말하지 않았다. 혼자 그 고통을 견디며 도저히 손을 쓸 수 없을 때까지 회사에 다녔다. 본인이 죽은 후 조금이라도 가족들에게 혜택이 돌아가도록.

그가 병원에 입원한 지 일주일째 되는 날이 오늘이고, 의사가 마지막 인사를 나누라고 한 날이다. 일주일 동안 안주인은 목사님을 계속 모셔 왔고 교인들이 매일 와서 찬송가를 부르고 기도했다. 그리고 모두 그에게 세례를 받으라고 종용하였다.

"여보, 세례를 받고 가. 당신이 세례받고 천국 가 있다고 생각하면 나한테 위안이 될 거야."

아이들도 엄마 뜻에 따라 아버지가 세례받기를 권했다.

목사님은 두말할 것도 없고. 그러나 그 점잖은 주인은 고집을 부렸다.

"이제까지 믿지 않은 하나님을 죽는 순간에야 거래하듯 믿는 척하며 죽고 싶지 않아."

"당신이 지옥에 간다고 생각하면 나는 너무 마음이 아파."

"그래도 믿는 척할 수 없어."

"그러니까 하나님이 실재하심을 믿으면 되잖아."

"…"

주인이 눈을 감는 순간까지 안주인이 애걸하였지만, 주인은 쓸쓸한 표정을 지으며 눈을 감았다. 점잖은 주인은 점잖게 그렇게 세상을 떠났다.

후기

주인과 지낸 지 5년이 되었다. 그는 5년 동안 나를 함부로 대하지 않았다. 그렇다고 호들갑 떨며 예뻐하지도 않았다. 나에게 기예를 강요하지도 않았다. 그런 그가 얼마 전 나를 산책시키며 말했다.

"요섭아, 나는 얼마 있다가 죽을 거야. 내가 다시 병에 걸

렸단다. 할 수 있는 데까지 해보겠지만 의사가 얼마 남지 않았다고 해. 나 간 뒤에도 오랫동안 우리 가족 곁에 있어다오. 하루만 살아보자 하지 말고."

내 생각을 주인이 알고 있다니 뜻밖이었다. 주인이야말로 '하루만 더 살자' 하는 자세로 버텨왔거늘. 남겨질 가족을 위해 마지막까지 출근을 감행한 그에게 진심으로 경의를 표한다. 사람이란 종족에게 한 가지 부러운 점이 있다면 가족이다. 사람이 지구의 주인 노릇을 할 수 있는 데는 가족의 힘이 컸다. 가족은 힘이 세다. 물론 힘이 세지 않은 가족도 있고, 요즘은 가족 해체가 진행되고 있으니 조만간 지구의 주인이 바뀔 수도 있으리라.

주인은 천국에 있을까? 점잖았던 그분이 세례 여부와 관계없이 그곳에 있기를 기도한다.

어떤 나이 든, 병문안 온 여자분이 병실 복도에서 이런 이야기를 하였다. 주인이 끝까지 세례를 거부한다고 하자, 옆 사람에게 소곤거렸다.

"나는요. 천국이 있다고 믿기로 했어요. 없다고 해서 안 믿고 있다가 죽었는데 덜컥 천국이 있다면? 긴가민가해서 안 믿은 게 후회되지 않겠어요? 그때 후회하면 이미 늦잖아요. 만일 믿고 있었는데 천국이 없다고 해도 손해 볼 건 없잖아요."

아! 개가 듣기에도 민망했다. 손해와 이익에 민감한 지구인들 같으니. 하나님과도 장사하는 얌체 장사꾼 같으니라고. 딱밤을 먹이고 싶다. 아주 세게.

23

번 째 이 야 기

판사님이 된 개, 왕광훈 이야기

이 부부는 신혼여행 갔다 온, 아니 결혼 전부터 싸우기 시작하여 신혼여행 가서도 싸우더니 결혼 2년 차 되던 해부터는 서로 이혼을 입에 달고 살았다. 내가 보기에는 뭐, 싸우고자 들면 싸울 수 있는 사안이지만 싸우지 않고 대화로 얼마든지 풀 수 있는 사안도 이 부부는 필사적으로 이기려고 몸부림쳤다.

그런 사소한 일로 서로를 개처럼 물어뜯을 필요가 있는지 의문이 든다. 개도 아니면서 이 부부가 개 흉내를 낼 이유는 없어 보이건만.

신혼여행지를 국내로 할지 국외로 할지, 결혼식을 야외로 할지 실내로 할지, 신혼집은 어디에 얻을지, 예물을 생략할지 거하게 할지….

 결혼식 전에는 그런 일로 싸우다가 신혼여행지에서는 아내가 남편보고 운전이 능숙하지 않다고 트집을 잡았고, 화가 난 남편이 아내보고 운전하라고 해서 5일 동안 아내가 운전하고 다니다가 결국 몸살이 나서 남은 기간을 호텔 천장만 보다가 왔다.

 그래도 어찌어찌 봉합하여 신혼여행에서 돌아오자마자 이혼하지는 않았다. 신혼여행 중 이혼하는 속전속결 부부도 있다고 하니 불행 중 다행인지 다행 중 불행인지 모르겠다.

 때는 하지 감자 철. 마트에 햇감자가 진열되었다. 살림에 뜻이 없는 아내가 그래도 햇감자가 나오니 그걸 사 들고 와서 불에 올렸다. 김이 나자 아내는 다 익었다고 냄비를 내려놓으려 했고, 촌에서 나고 자란 남편은 감자는 그렇게 찌는 것이 아니라고 한소리 했다.

 냄비에는 아직 물이 흥건했다. 남편은 물을 따라버리고 이른바 뜸을 들여 감자에서 분이 오르게 한 뒤 접시에 담아 아내 앞에 놓았다.

 여기까지는 그런대로 순조로웠다. 아내가 남편을 생각

한답시고 설탕을 가져오면서부터 사달이 났다.

"감자에 무슨 설탕을 찍어 먹나?"

"그럼?"

"그냥 먹거나 고추장을 찍어 먹지."

"무슨, 감자에 고추장을 찍어 먹는담. 촌스럽게."

"촌스럽다고? 설탕 찍어 먹어야 도시다운 거야?"

부부는 촌스러움과 도시다움에 대해 말다툼을 벌이다 아내가 친정어머께 전화를 걸어 감자에 고추장을 찍어 먹느냐고 물었다.

"야! 무슨, 그러면 감자 꼴이 거지처럼 지저분해지잖아. 왜? 이 서방이 그렇게 먹겠대? 어휴, 누가 촌사람 아니랄까 봐."

철없는 아내는 스피커폰으로 중계했고, 당연히 남편은 아내와 장모에게 협공당해 기분이 아주, 매우, 엄청, 무지하게 나빠졌다.

얼마 후, 또 다른 논란이 불거졌는데 이른바 토마토 사건이었다. 남편은 토마토에 설마 고추장을 바르겠다고는 하지 않고 소금을 살짝 찍겠다고 하였고, 아내는 감자처럼 설탕을 찍어 먹는 게 맞다고 하였다. 과일이니까 당연히 설탕을 찍어야 한다는 논리였다.

급기야 토마토가 과일이냐, 채소냐 논쟁으로 번졌고, 이번에는 아내가 자기 어머니한테 전화를 거는 대신 나한테 물었다.

"야! 내가 얼마나 답답하면 너한테까지 묻겠니. 왕광훈, 토마토가 과일이냐? 채소냐?"

"어이구, 이 등신아! 개가 사람이냐? 그딴 걸 물어보게…."

– 아니, 가족이라며 자기 성을 따라 왕광훈이라고 지어줄 땐 언제고?

"그러니까 광훈아, 과일이면 엄마 보고 멍멍! 네가 생각하기에 채소면 아빠보고 멍멍! 해봐."

나, 원, 참, 어이없다. 내가 그걸 어떻게 아냐고! 그리고 그게 채소면 어떻고 과일이면 어떤겨? 둘이 각자 방식으로 맛있게 먹으면 되지.

나는 질문이 하도 같잖아서 허공을 보고 짖었다. 이 일을 통해 뒤늦게 얻은 깨달음 하나를 적자면 이렇다.

달이나 별이나 태양이 그리고 나무와 꽃이 말 없는 이유를 알겠다. 만일 그들까지 말 세계에 입문했다면 이 세상은 이미 멸망했으리라. 사람들은 우리가 말을 못 한다는 사실에 고마워해야 한다.

여러분도 그 동화를 읽었을지 모르겠다. 그 왜 동물들 말을 알아듣게 해달라고 어떤 농부가 신에게 기도했는데, 사람들 소원을 별로 들어주지 않는 분이 어쩐 일로 이 농부의 소원을 들어주었다고 하는.

처음에는 동물들 말이 들리니 아주 좋았다고 한다. 보물이 묻힌 곳도 어떤 꺼먼 새가 알려주어서 부자가 되고. 그러나 날이 갈수록 동물들이 말하는 소리가 밤이고 낮이고 들려오니 살 수가 없어서 빌었다고 한다.

"제발, 신이시여, 예전처럼 해주세요."

그러나 이번에는 저번처럼 소원을 들어주지 않고 신이 가진 첫 번째 특성인 묵묵부답으로 일관했다는 이야기가 있다.

이 글을 읽는 여러분은 모른다고? 그게 개를 위한 동화였을까? 개한테는 하등 쓰잘데기없는 이야긴디….

각설하고, 이 부부가 경찰에 잡혀간 논쟁에 대해 말하고 나도 입을 다물자. 그들은 사사건건 나, 왕광훈의 의견을 물었고 나는 되는대로 고개를 돌렸다. 어느 날은 남편 쪽, 어느 날은 아내 쪽으로. 그러니까 내가 본의 아니게 개 팔자에 없는 판사님이 되었다는 말씀이다. 전생에 나라를 구했나?

　그 부부는 나, 왕광훈의 의견을 묻는 일에 맛을 들였고 희한하게도 내가 내린 판단(?)에 군말 없이, 두말없이, 이의를 제기하지 않고 따랐다.

　토마토 논쟁 2차전 때는 그냥 남편 쪽으로 고개를 돌렸다. 토마토는 야채로 결정이 났고, 감자는 뿌리냐, 줄기냐 하는 논쟁에서는 아내 쪽으로 고개를 돌려주었다. 아내는 감자가 뿌리라고 했고, 남편은 줄기라고 했지만. 무엇이 맞는지는 모르겠다.

　그날은 텔레비전이 화근이었다. 이름은 모르겠고, 코가 길고 아랍인같이 생긴 배우가 나오는 영화가 추석날 특집으로 방영되고 있었다. 무슨 가문의 영광인지, 그런 영화다.

남편 – 저 배우….

아내 – 누구?

남편 – 저기 저 시꺼먼 매부리코

아내 – 그 배우가 뭐?

남편 – 저 배우가 출연한 영화 저번에도 했는데… 영화제목이….

아내 - 벌써 치매야?

남편은 이때부터 기분이 나빠졌다.

남편 - 말 좀 이쁘게 할 수 없어? 늘 부정적인 말을 앞세우지. 당신은 그게 문제야.

아내 - 얼씨구! 당신 단점을 나한테 왜 덮어씌워?

남편 - 덮어씌우긴. 그건 당신 특기잖아. 다른 특기는 하나도 없는 주제에.

아내 - 주제? 자기 아내보고 주제? 말 다 했어?

남편 - 아니, 아직 할 말이 몇 트럭이나 되거든.

그들은 그날은 나에게 판단을 내려달라는 말도 없이 장미의 전쟁보다 더 심하게 싸웠다. 서로 폭력도 오고 갔다. 싸움의 양상은 이러했다.

처음에는 남편이 들고 있던 리모컨을 텔레비전에 던졌다. 그러자 아내가 질세라 텔레비전을 넘어뜨렸고. 남편은 더 질세라 장식장을, 아내는 화장대를 넘어뜨렸다. 그들은 경쟁적으로 점점 더 큰 것을 넘어뜨렸고, 집에 있는 것들을 모조리 넘어뜨리고 나자 갑자기 손이 심심했던지 남편은 아내의 뺨을 때렸다. 아내도 질세라 남편 뺨을 맞받아

쳤고, 남편은 또 질세라 주방에서 프라이팬을 들고나오며 소리쳤다.

"만날 프라이팬 태워 먹는 주제에. 네가 주부냐? 프라이팬으로 한 대 맞아봐야 정신을 차릴래?"

남편이 프라이팬을 높이 치켜든 순간, 요란하게 현관문 두드리는 소리가 들려왔다.

결말은 어떻게 되었냐고요? 신고받고 출동한 경찰에 의해 부부는 사이좋게 잡혀가는 것으로 장미의 전쟁은 끝이 났지요.

그동안 나, 왕광훈은 무얼 했느냐고요? 계속 짖어댔지요.

둘 다 옳아.

아니 둘 다 틀렸어.

제발, 그만해.

이 질세라들아!

지면 어디가 덧나냐?

남편! 아내한테 좀 져주면 세상 끝나냐?

아내! 기껏 성형해서 포도시 예뻐져 결혼까지 해놓고 망칠 거야? 멍멍멍!

내가 하도 짖어대고 부부가 싸우는 소리가 격렬해지자 아랫집이 신고했다고 한다. 아랫집이 부부의 처참한 결말을 막은 셈이다. 뉴스에서 보면 부부가 싸우다가 화를 참지 못한 남편 혹은 아내가 해서는 안 될 선택을 하기도 한다던데, 이 부부를 보니 그것이 지어낸 말이 아님을 알겠다.

하여튼, 감자로부터 시작된 논쟁은 매부리코 배우에서 끝이 났다.

나는 어떻게 되었냐고요? 입양을 기다리고 있습니다.

'질세라' 가정은 사절입니다. 서로 지려고 노력하는 가정 어디 없나요?

24

번째 이야기

스물네 번째 이야기

불면증 파트너, 스탕달

"켕꺼윽!…."

"왜? 스탕달, 또 별을 삼킨 거야? 그냥 머릿속에서 조용히 상상만 하라고 해도, 그걸 번번이 삼키냐? 그럼, 별은 놔두고, 그래 옆집 냥이 좋아하지?"

– 무슨 말씀이세요? 냥이가 날 좋아해서 고양이 주제에 절 자꾸 따라다니니까 놀아주는 거지.

"자, 센다. 냥이 한 마리, 냥이 두 마리, 냥이 세 마리, 냥이 네 마리, 냥이 다섯…."

"으르렁!"

"왜 또?"

– 냥이 녀석이 내 뺨에 침 묻혔어요. 에이, 찝찝해.

"냥이를 네 옆에 오게 하지 말고 그냥 지나가게 둬, 스탕달! 이건 그냥 상상 요법이야. 까치는 네 곁에 가까이 오지는 않으니까 그럼 까치로 할까?"

　– 모르는 말씀 마세요. 냥이하고 마당에서 놀고 있으면 저기 전봇대에서 우릴 보고 있다가 휙 내려와서 냥이 머리를 고 얄미운 주둥이로 쪼고 간답니다. 그뿐인가요? 엄마가 길고양이 위해서 대문에 놓아두는 밥도 저 녀석이 다 집어먹어요. 엄마가 주는 간식을 내가 가끔 마당 한구석에 숨겨놓거든요. 그럼, 저 까치가 다 찾아가요. 까치 세지 말아요오~

　"까치 한 마리, 까치 두 마리, 까치 세 마리, 까치 네 마리…."

　"우워웩."

　"왜애? 또?"

　– 까치가 내 귀를 물고 달아났어요. 마당 감나무로 올라가서 나를 약 올려요.

　"스땅따알! 그냥 한 마리, 두 마리 세다 보면 그 지루함을 견디지 못한 뇌가 예민함을 누그러뜨리며 잠이 들게 하는 요법이야. 네가 자꾸 다른 상상을 떠올리면 뇌는 얼씨구나 하고 잠을 안 자. 그럼, 오리로 하자. 넌 오리랑 사이가 좋잖아. 오리가 너를 피하지. 자, 오리 한 마리, 오리 두 마리,

오리 세 마리, 오리 네 마리, 오리 다섯 마리, 오리…."

– 오리가 우리 집 앞 개울에 늘어서서 일렬로 헤엄친다. 어디로 가지? 나도 오리 따라 개울을 걸어간다. 여뀌꽃, 애기똥풀, 물봉선이 개울 따라 피어있다. 이쁘다.

"오리 쉰하나. 오리 쉰두울….."

수잔이 세는 속도가 느려졌다.

"오오리….."

눈이 감긴다. 그러나 길게 가야 5분, 다시 눈이 떠진다. 다시 맹숭맹숭한 시간이 새벽까지 흐른다.

나는 스탕달을 키우는 수잔이다. 주민등록상 이름은 오귀비다. 결혼 후 남편이 수잔이란 애칭으로 부르고 있다. 몇 년간 텍사스에서 산 적이 있는데 그곳에는 루드베키아가 끝도 없이 핀 들판이 이어진다.

텍사스 사람들은 루드베키아를 '수잔의 검은 눈동자(Sujan's black eyes)'라고 부른다. 꽃수술이 까맣게 생겨서 그렇게 부른다는데, 내 눈에는 갈색으로 보이는 꽃망울을 왜 텍사스 사람들은 그렇게 부르는지 의아했다.

그런데 남편이 갑자기 나를 수잔으로 부르기 시작했다. 내 머루 포도색 같은 눈이야말로 수잔의 검은 눈동자 같다나 어쩐다나. 이런 애칭을 아내에게 선물할 줄 아는 사람이니 우리 부부 사이가 간지러울 정도로 서로 사랑한다고 여길 분이 있겠지만, 지금 남편은 나한테 별거를 요구하고 있다. 스탕달과 내 불면증 때문이다.

텍사스에서 돌아온 후 시차 적응에 실패하고 괴로워하자, 친언니가 개를 한 마리 데려다주었다. 낮에 개를 키우다 보면 저녁에 피곤해서 곯아떨어질 거라고. 그렇게 스탕달을 키우게 되었다.

남편도 처음에는 스탕달을 좋아하였다. 이름도 남편이 지었다. 《적과 흑》을 끝까지 못 읽고 그만두기를 반복하였다며, 스탕달이 우리 집에 온 김에 다시 도전하겠다는 것이다. 이유치고 썩 이해가 안 갔지만, 남편은 누구의 말을 귀담아듣는 형이 아니라서 듣고만 있었다.

그래도 작가 스탕달에 대한 예의가 아닌 듯하여 보편타당한 개 이름으로 짓자고 했다가 무안만 당했다.

"스탕달 문호님! 당신 이름을 개 이름으로 사용해서 죄송합니다. 당신 이름은 지금도 기억되고 있습니다. 작품뿐만 아니라 '스탕달 증후군'이라 해서 위대한 작품을 보고

황홀경을 경험하는 현상을 지칭할 때 당신 이름이 들어간 용어를 사용합니다.

저도 당신처럼 엄청난 감동을 받을 수 있는 어떤 순간을 만나기를 고대하고 있습니다. 당신의 책을 읽지는 못했습니다. 언젠가 읽어보겠습니다. 여하튼 우리 개 이름은 '스탕달'입니다."

남편은 무슨 일이 있더라도 따뜻한 국에 갓 지은 밥을 아침밥으로 먹어야 하루가 잘 풀린다고 믿는 사람이다. 시어머니 역시 아침밥 예찬론자라 지금도 손수 아침상을 차린다. 나물도 5가지 정도 준비한다. 아침을 먹으면 보약이 따로 없다고 여기신다. 자기 부부가 산증인이라며, 만나는 사람마다 아침밥 전도를 한다.

두 내외가 90세가 넘어도 당뇨병, 고지혈증, 고혈압이 없긴 하다. 성장기 동안 남편은 꾸준히 아침 식사를 하였고, 나도 시어머니 뜻을 받들어 미국에서도 아침상을 한식으로 차렸다. 나 역시 아침밥을 한식으로 먹는 걸 좋아하였다.

하지만 한국으로 와서는 불면증 때문에 남편 아침을 차려주지 못하고 나도 배를 곯는 중이다.

밤내 오지 않던 잠이 남편이 출근할 시간만 되면 쏟아지기 시작한다. 일어나서 밥을 챙겨줘야지 생각하지만, 몸이 움직이지 않는다. 그러다 남편이 나가고 나면, 언제 그랬냐는 듯 잠이 달아난다. 남편을 골탕 먹이려는 건 아니다. 나도 왜 그런 현상이 일어나는지 모른다.

불면증을 앓고 있으면 머릿속에 꼬마전구 수십 개가 켜 있는 듯해서 괴롭다. 밤중만 아니면 고함치고 싶다. 며칠 전에는 스탕달을 데리고 인적 드문 숲으로 가서 고함치다 결국에는 엉엉 울다 왔다. 겪어보지 않은 이들은 이 고통을 모를 것이다.

남편도 처음에는 나를 안쓰럽게 여겼지만, 시간이 흐를수록 본인 업무에 지장이 생기고 피곤해지자 나를 포기했다. 남편을 원망하지 않는다. 처음에는 나를 안고 토닥여주고 마사지도 해주면서 도움을 주려고 애썼다.

스탕달은 불면증이 없었다. 내가 잠을 못 자고 집 안을 서성이자 스탕달도 잠을 못 자면서 나와 같은 패턴으로 생활 리듬이 바뀌었다. 스탕달에게 미안하다. 스탕달과 나는 잠이 들기 위해서 불면증 치료로 알려진 요법은 대부분 다 써 보았다.

불면증(不眠症, primary insomnia)은 자고 싶어도 잠들 수 없어 애타는 병이다. 뇌세포가 모조리 깨어나 미어캣처럼 불침번을 서고 있어서 잠을 이어갈 수 없는 증상이다. 20분 이상 수면을 취하지 못할 경우나 이런 증상이 2주간 계속되면 불면증이라고 한다는데 백퍼 내 증상이다.

지피지기면 백전불태(知彼知己百戰不殆)라고, 불면증을 타파하기 위해 책을 몇 권이나 읽었는지 모른다.

책도 읽고 검색을 있는 대로 했더니, 이제 책을 써도 될 지경이다. 이론은 이론일 뿐 머리만 더 복잡해졌다. 병원을 찾아가서 진료도 받았지만, 효과는 없었다.

한 번은 누가 개다래주가 좋다고 해서 어렵게 강원도 골짝에 사는 분에게 개다래주를 구해서 나도 먹고 스탕달에게도 먹였다. 둘 다 취해서 나는 노래를 부르고, 스탕달은 밤내 짖어댔다. 이날 남편이 별거를 요구했다.

잠들기 전 체온 떨어뜨리기 위해 샤워하기, 김 먹기, 물구나무서기….

그 외 언니가 다니는 절의 스님이 일러준 비법도 써 보았다. 스님은 머리부터 발끝까지, 세포부터 실핏줄까지 감사를 표하라고 시켰다.

머리여, 고맙습니다.

좌뇌 고맙습니다.

우뇌 고맙습니다.

간뇌 고맙습니다.

(나는 여기서 웃음이 나온다)

머리에 있는 신경 고맙습니다.

머리에 있는 세포 고맙습니다.

머리에 있는 뼈 고맙습니다.

머리카락 고맙습니다.

  그다음은 얼굴 부위, 목, 어깨, 팔다리를 거쳐 발바닥까지 감사를 표한다. 스님은 불면증은 평소 몸에 감사하지 않고 산 배은망덕 병이라며, 이 기회에 몸을 들여다보면 불면증 따위는 물러가고 말 것이라 하셨다. 스탕달과 며칠 해보았으나 간뇌나 배꼽쯤에서 왜 웃음이 나오는지 한 번도 발바닥에까지 닿지 못했다.

  스님은 '감사합니다'란 한자 말 대신 '고맙습니다'가 더 효과 있다며 우리말 사용까지 권장하셨다.

  "한심하다. 야, 땅딸이! 개 주제에 무슨 불면증이야? 니가 걱정거리가 있냐, 나처럼 생활비를 버느라 고생하냐?

진급 때문에 상사에게 간이고 쓸개고 다 빼고 납작 엎드리길 허냐? 잠이 안 올 이유가 없잖아? 이 땅딸아!"

남편은 자다 깨서 스탕달과 나를 보며 말했다. 스탕달에게 하는 소리가 아니라 실은 나를 향해 하는 말이다. 이제 스탕달이라 부르지도 않고 땅딸이라고 무시하는 투로 부른다. 나에게도 수잔이라 부르지 않고 '어이' 아니면 '오귀비'라고 내 이름을 부른다. 오귀비가 내 본 이름인데 오귀비라고 부르면 왜 무시당하는 기분이 드는지, 그것도 모를 일이다.

이 불면증을 해결해야 집안이 편안해질 텐데 방법이 없다. 앙팡에서 주문한 택배가 도착하였다. 불면증을 치료하는 52장으로 구성된 카드가 있다고, 텍사스에서 같이 근무한 직원 부인이 알려주었다. 12시 전에 주문했더니 새벽같이 도착하였다. 제발 이번에는 도움이 되기를….

기대하며 카드를 열었다. 과연 무슨 내용이 담겨 있을까? 스탕달도 처음 보는 카드가 궁금한지 다가와 냄새를 맡는다.

첫 번째 카드다.

유비자가 무시옹에게 물었다.

"옹은 어떤 사람에게는 사람답다는 평가를, 어떤 사람에게는 사람답지 않다는 평가를 받고 있습니까?"

"사람다운 사람이 나를 사람답다고 하면 기뻐할 일이고, 사람답지 않은 사람이 나를 사람답지 않다고 하면 기뻐할 일입니다. 사람다운 사람이 나를 사람답지 않다고 하면 두려워할 만하고, 사람답지 않은 사람이 나를 사람답다고 하면 이 또한 두려운 일입니다. 기뻐하고 두려워하는 일은, 나를 평가한 그들을 살펴야 하는데 나는 그들을 알지 못합니다. 오직 어진 사람이라야 남을 사랑하고 미워할 수 있다고 했으니 나를 먼저 살필 뿐입니다."

이에 유비자가 물러갔다.

무시옹은 잠(箴)을 지어 스스로 경계했다.

자도를 누가 아름답다고 하지 않겠는가?
역아의 음식을 누가 맛없다고 하겠는가?
좋고 나쁜 것은 뒤섞여 일정하지 않거늘
어찌 자신을 살피지 않을 수 있으랴.

이달충의 〈애오잠병서〉라고 적혀 있다. 어렵다. 이 밤에 공부를 하라는 거야, 뭐야? 자도는 누구고 역아는 누구지? 나에 대해 누가 뭐라 하든 먼저 나 자신부터 살피라는 건가?

다음 카드는 불면에 도움을 주는 방법이 나오겠지. 다음 카드를 펼쳤다. 두 번째 카드에는 이런 요청이 적혀 있었다.

어떤 부자가 세상에서 제일 재미있는 이야기를 하는 사람에게 자기 전 재산을 준다고 했다.
당신이라면 어떤 이야기를 하겠는가?

이런! 나는 지금 하나도 재미있지 않다고…. 건너뛰어서 25번째 카드를 펼쳤다.

에펠탑은 '비극적인 가로등'이란 혹평을 받았다. 이 말을 듣고 에펠이 포기했다면 오늘날 프랑스를 상징하는 에펠탑은 지어지지 않았을 것이다.
후에 20세기 위대한 건축가 르 코르뷔지에는 에펠탑을 '사랑받는 파리의 표지'라고 찬양하였다. 이는 한 인간의 재능에 대한 경배였다. 그는 학교에서 소위 열등생이었다.

학교는 창의성과는 거리가 먼 암기 교육을 우선시했다. 획일화된 학교 교육에서 그나마 숨통을 트이게 한 건 문학과 역사 수업이었다.

그는 아내가 먼저 세상을 떠나자 낙심하여서 하던 일에서 실패를 맛보기도 하였으며 끝내 재혼하지 않았다. 그라고 늘 성공적인 업적만 남겼으랴. 파나마 운하가 실패했고 그는 사기죄로 고소당했다. 은퇴 후에도 그는 도심 순환 지하철, 영국해협을 건너는 지하 다리, 몽블랑의 천문기상대 같은 새로운 일에 도전하였다. 그의 도전과 열정은 나이가 들어도 식지 않았다.

참 뜬금없이 에펠탑이 나왔지만, 그래, 에펠탑은 인정하지. 잠시 프랑스로 신혼여행 갔던 기억을 떠올렸다. 남편은 에펠탑을 본 뒤 식사 시간이 되자 한국 식당 가서 곰탕이나 설렁탕을 먹자고 하였다. 나는 파리에 왔으니 가장 파리다운 것을 먹고 싶었다. 그놈의 곰탕이나 설렁탕은 한국 가면 시글시글하잖은가.

푸아그라나 달팽이 요리는 아니라 해도 하다못해 수플레라도 먹으면 어디가 덧나나? 곰탕집 가서 뜨는 둥 마는 둥 한 기억이 나서 에펠탑 추억까지 갉아먹었다.

37번째 카드를 집어 들었다.

아재 개그 카드다. 아재 개그가 무엇인지 설명부터 나왔다.

"아재 개그는 중장년 아저씨들이 즐기는 유머다. 바늘도 없고 실도 없는 우스개로 좀 썰렁한 우스개다."

이탈리아 날씨는?

세상에서 가장 뜨거운 과일은?

미소의 반대말은?

소금의 유통기한은?

모래가 울면?

세상에서 유일하게 착한 사자는?

자가용의 반대말은?

좀 전에 화장실서 나온 사람 정체는?

다리미가 좋아하는 음식은?

석유가 도착하는 데 걸리는 시간은?

나는 딱 한 개, 세상에서 가장 뜨거운 과일만 맞혔다. 천도복숭아가 답이다.

시가 적힌 40번째 카드도 있다.

어느 무더운 날

한 마리 뱀이 낙수 아래로 왔다.

나도 더위에 물을 마시러 갔고

물 주전자를 들고 계단을 내려갔다.

짙은 그늘에 둘러싸인 곳으로.

그리고 조용히 기다렸다.

나보다 먼저 온 그가

대롱의 물을 받고 있었기 때문에.

D. H. 로렌스의 〈뱀〉이란 시가 적혀 있었다. 내가 알기로 그는 스승의 부인을 데리고 도피했다는데, 한낱 뱀에게 질서를 지키려 했다니 이해 난득하다. 내 불면증처럼.

다음은 17번째 카드다.

세인트존스 대학은 전공 과목에 관계치 않고 백 권의 고전을 읽고 토론해야 졸업할 수 있다.

춘천시는 세인트존스 대학과 업무협약을 맺고 이 대학

의 '그레이트북 프로그램'을 도입하여 올해부터 시행하고 있다. 일차적으로 춘천여고, 전인고교, 효제초교에서 시범으로 운영하고 있다.

시카고 대학에서는 85명의 노벨상 수상자와 44명의 로즈 장학생이 배출되었다. 이는 제5대 총장 허친스의 '시카고 플랜' 덕이다. 1920년 때만 해도 시카고 대학 학생들은 열등감과 패배감에 젖어있었다. 그는 대학이 변화하기 위해서는 고전이 필요하다고 판단해서 고전 100권을 읽지 않으면 졸업시키지 않겠다고 선언한다. 이 플랜을 꾸준히 수행한 결과 시카고 대학은 완전히 다른 대학으로 탈바꿈하였다.

그래서요? 나하고 무슨 상관이랍니까? 아냐, 잠이 안 오는 김에 고전 100권 읽기에 도전해 봐? 책 읽지 않는다고 평소 무시당하고 있으니까. 그런데 책을 엄청나게 읽는 남편은 변화가 없던데? 책을 어디로 읽은 거야? 읽은 척한 거야?

그래도 남편을 긍정적으로 생각하는 한 가지는 있다. 그 나이에 《적과 흑》을 끝까지 읽지 못했으니 다시 도전해서 완독해 보겠다고 새해마다 결심한다는 점이다. 800페이지가 넘는 책이니 읽다가 포기했겠지만, 내 불면증도 치유되고 그도 《적과 흑》을 완독하기를 바란다.

마지막 52번째 카드도 역시 시다.
함민복 시인의 〈부부〉라는 시다.

이 시를 읽으며 우리 부부는 어떤 태도로, 어떤 마음가짐을 가지고 결혼이란 긴 상을 들고 가고 있는지 생각하니 마음이 착잡했다.
52장의 카드는 불면증을 낫게 해주는 비법 카드는 아니었다.
이것을 만든 사람의 의도는 어렴풋이 알겠다. 카드는 밖으로 나간 시선을 돌려 나를 보게 만드는 기운을 발산하였다. 이 카드는 우리나라에서 모방하여 만들었는데 카드가 최초로 만들어진 미국에서는 무려 500만 장이 팔렸다고 한다.

나는 수잔 님 불면증 파트너 스탕달이다. 수잔 님의 남편, 윤사달은 나더러 이 땅딸아, 하는데 스탕달보다는 그 이름이 솔직해서 마음에 든다. 윤사달은 태도가 문제다. 자기 외 잘난 사람 없다는 듯 오만하게 군다. 세상천지가 넓은 줄 모르고 까분다. 그 태도를 교화시키고 싶으나 인간사와 개사가 따로니 참견하지 않으려다.

수잔 님과 불면증을 극복하는 과정에서 가장 인상 깊었던 방법은 화투였다. '바보화투'라는 건데 점수를 못 낼수록 이기는 거꾸로 게임이었다. 내가 고스톱을 하진 않았다. 나를 앉혀두고 수잔 님이 혼자 내 몫까지 하였다.

혼자 이기고 혼자 지고…. 그걸 보면서 안타까운 마음에 눈물이 나왔다. 잠들지 못하는 고통이 이렇게 큰 것을…. 불면증은 현재를 현재로 살지 못하게 하면서 사람의 존엄도 앗아가는 병이다.

수잔 님은 며칠 전 집 안의 짐을 전부 정리하였다. 어수선한 집 안이 불면증의 원인이 될 수 있다며, 쓰지 않는 물건을 내버리고 집을 호텔처럼 만들었다. 그리고 내게 말했다.

"스탕달! 일부러 자려고 하지 말자. 오늘부터는 거꾸로 요법을 써 보자. 잠을 안 자야지, 잠을 자지 말아야지. 일명 '수능생 요법'을 쓰기로 하자. 잠을 자지 않으려고 노력할

수록 잠이 더 잘 왔던 학생 때 기억이 났거든."

이번 요법은 그럴싸해 보인다.

수잔 님이 불면증을 극복하고 나면 어떤 분이 되어 있
을까?

25

번 째 이 야 기

스물다섯 번째 이야기

우주로 사라진 개, 토모

하나

"엄마! 토모 어디 있어요?"

"토모? 토모가 누군데?"

"왕관 쓴 강아지…. 아까까지 나랑 얘기했는데?"

"우리 하미가 꿈을 꾸었나 보네."

"꿈이 뭔데?"

"하미 잘 크라고 하늘에서 선물로 주는 그림책 같은 거야. 어제 하미가 잠들기 전 《사라진 데쳄버 이야기》 읽어주었더니 데쳄버 왕 대신 토모가 나타났나 보네. 데쳄버 왕이 왕관을 빌려주었을까?"

"…"

"네가 조그만 데쳄버 왕이 나타났으면 좋겠다고 말했잖아?"

"으응, 작은 왕도 좋지만 작은 강아지가 나타나서 더 좋아."

"그 강아지 이름이 토모야?"

"으응."

"토모는 어떻게 생겼어?"

"아주 못생겼는데 귀여워. 키도 작고 다리도 짧고 귀는 내 새끼손가락만큼 작아. 근데 얼굴은 되게 넓적해. 하하! 정말 못생겼어. 털도 거의 없어. 매끌매끌해, 비누처럼. 왕관에는 반짝이는 보석이 잔뜩 박혀 있어. 자기는 왕자 개래. 개도 왕자가 있어?"

"있을지도 모르지. 엄마도 개에 대해선 잘 몰라서…."

"아, 그리고 자기네 나라에서는 엄마와 아빠가 둘이 꼭 껴안고 하늘까지 날아가서 별을 하나… 근데 엄마, 책에서 데쳄버 왕도 그렇게 태어났다고 했잖아?"

"하하, 맞아. 토모도 그렇게 태어났대?"

"으응, 조금 비슷한데 토모네는 별을 따지는 않고 보름달이 떴을 때 달까지 올라갔다가 땅으로 슝, 떨어져야 한대. 그때 무서워서 손을 놓아버리면 강아지가 안 태어난대.”

“흐음, 강아지 한 마리가 태어나는 게 어렵네. 강아지 엄마와 아빠가 서로를 믿으면서 용기를 잃지 않아야 되는구나.”

“나도 그렇게 태어났어?”

“그게, 꼭 그렇지는 않은데, 엄마와 아빠가 서로 사랑해서 네가 온 거지. 하미는 아주 오래전부터 엄마와 아빠에게 오려고 기다렸어. 하미가 엄마 뱃속에 있을 때 읽어주었던 〈오래된 시간〉이란 시처럼.”

“엄마, 시가 뭐야?‘

”시는, 음, 네 마음을 열어주는 짧은 노래 같은 것?”

“으응… 근데, 엄마! 토모가 오늘 밤에 또 왔으면 좋겠어. 물어보고 싶은 말이 많아.”

꿈이 옛날이야기처럼 이어질 리는 없는지라 토모인지가 다시 하미의 꿈에 나타날 리 만무했다. 하미가 실망할까봐 토모가 다른 어린이한테도 찾아가야 해서 바쁠 것이라고 말해두었다. 말은 그렇게 했지만, 기분이 찜찜했다.

“엄마, 토모가 안 왔어. 책을 안고 잤는데….”

《사라진 데쳄버 이야기》를 읽고 자서 그런 꿈을 꾸었나 보다는 내 말을 잊지 않고 하미는 책을 읽다가 안고 잔 모양이었다. 며칠을 책을 안고 자도 토모가 나타나지 않자, 하미는 토모가 자기를 영영 잊었나보다고 울먹였다.

"하미야, 토모가 널 잊은 건 아닐 거야. 저번에 말했잖아. 전 세계 어린이를 찾아다녀야 해서 바쁘니까…"

토모가 오지 못하는 이유를 억지로 만들어 반복하려니 말이 이어지지 않았다.

"하미야, 엄마도 토모가 올지 안 올지 사실 잘 모르겠어. 그래도 혹시 토모가 올지 모르니 하미와 엄마가 함께 토모 이야기를 만들자. 토모가 왔을 때 들려주면 토모도 재미있어 할 거야."

시간이 흐르면 하미도 토모란, 얼토당토않은 왕자 개에 대한 관심이 다른 것으로 바뀔 테고 점점 크다 보면 산타가 없다는 사실을 알아가듯 그게 한낱 꿈이었다는 것을 알 날이 있겠지 싶었다.

그렇게 데쳄버 왕과 토모 왕 이야기가 뒤죽박죽 섞인 이야기를 하미와 밤마다 이어 나갔다. 하미가 한 단락을 이야기하면 내가 이야기를 이어받는 식으로 무려 15일이나 '이야기 이어가기'를 계속하였다. 그때쯤 되니 솔직히 지칠 대로 지쳐서 이제 이야기를 그만두고 다른 책을 읽어주고 싶었다. 그러나 하미는 토모에 빠져 끝도 없이 이야기를 짓고 싶어 했다.

그날은 토모 왕이 하미의 손바닥 위에 올려놓을 정도로 작아진 날이었다. 데쳄버 왕이 책에 처음 등장했을 때처럼.

"토모가 이렇게 작아졌으니 이제 복숭아씨만큼, 분꽃씨만큼, 맨드라미랑 채송화씨만큼 작아져서 우주로 돌아갈 날이 머지않았네."

어서 토모를 우주로 돌려보내고 싶어 안달이 난 나는 속으로 기뻐하며 신이 나서 이야기를 이어갔다.

"엄마, 토모를 다시 크게 해주자. 키 크는 영양제 먹이면 안 돼? 불쌍하잖아."

나는 금방이라도 눈물을 흘릴 것 같은 하미를 구슬렸다.

"그래도 처음 시작을 그렇게 정했으니 자꾸 바꾸면 토모가 혼란스러워할 수 있어. 이야기에는 반드시 끝이 있어야 해."

"토모가 불쌍해."

"다시 태어날 수도 있어. 우주로 돌아간 토모의 원자가 모여서 분자가 되고….”

“알았어.”

하미는 마지못해 대답하더니 책을 가슴에 안고 잠이 들었다.

나는 하미 품에서 책을 꺼내 책장 높은 곳에 올려놓았다. 상상력도 좋지만 지나치면 좋지 않은 영향이 있을 듯해서 밤마다 들려주는 이야기를 줄여야겠다고 생각하며 방문을 닫고 거실로 나왔다.

둘

거실 책상에 앉아 일기를 쓰려고 스탠드를 켰다. 노트북을 열고 첫 줄을 쓰려는데 스탠드 밑에 못 보던 조그만 인형이 보였다. 뭐지? 손으로 만지자, 조그만 목소리가 들렸다.

“하미 말대로 못생긴 토모 왕입니다.”

나는 깜짝 놀라 책상에서 벌떡 일어났다.

“놀라지 마세요. 레베카 여사님, 오늘 이야기에서는 내가 하미 손바닥 위에 올라갈 만큼, 그러니까 엄지손가락만큼 작아졌다고 했잖아요. 이야기 속에서처럼 정말 그만큼 작아졌어요."

"그, 그건 이야기지, 실제가 아니잖아요?"

나는 놀란 가슴을 진정시키며 토모를 내려다보았다. 하미와 토모 이야기를 밤마다 해서인지 무섭지는 않았다. 오히려 놀란 가슴을 진정하고 나자 매일 만나는 친구처럼 친숙하게 느껴졌다.

토모는 자신을 내 손바닥 위로 올려달라고 하더니 내 목소리가 너무 커서 귀가 울린다며, 조용히 말해주기를 정중한 어조로 부탁했다. 하미 말마따나 못생기긴 했어도 사용하는 언어나 말투, 태도에 품위가 배어있어서 못생겼다는 생각이 들지 않았다.

"하미는 매일 밤 토모를 기다렸어요. 만나면 물어볼 게 많다고. 진짜로 토모가 있다면 왜 하미 꿈에 그동안 찾아오지 않은 거지요? 그리고 토모네 나라는 어디 있어요? 할아버지도 아버지도 당신도 똑같은 이름에 얼굴도 똑같다는데 왜 그런 거죠?"

토모는 웃으면서 물었다.

"'레베카 여사'라고 세례명으로 불러도 되지요?"

"세례명에 여사를 붙이니 좀 어울리지는 않지만 통과!"

"하하, 통과시켜 주어서 고맙습니다. 레베카 여사는 하미처럼 질문이 많네요. 말도 빠르고. 하나씩 천천히 답해드릴게요. 저에게도 그동안 많은 일이 일어났어요. 아버지 토모 5세가 점으로 돌아갔거든요. 그래서 내가 즉위식을 치르느라 바빴어요."

"토모, 이거 꿈 맞지요? 《사라진 데쳄버 이야기》는 그냥 책이잖아요."

"레베카 여사가 믿고 싶은 대로 믿으면 됩니다. 질문을 하셨으니 답을 할게요."

"그래요. 꿈이든 아니든 나도 궁금한 건 못 참아."

"어? 반말을 바로 하네요. 내가 이래 봬도 아주 오래된 영혼이랍니다."

"그랬나? 나도 모르게 반말이 나왔네. 그냥 서로 반말하면 안 돼?"

"레베카 여사님은 반말하세요. 저는 존대가 편하니 이대로 갈게요. 자, 이야기가 깁니다. 레베카 여사님이 하미에게 들려준 대로 나도 우리 아버지 토모 5세처럼 머잖아 우주로 돌아가야 합니다."

"아! 그렇게 말한 건 결말을 빨리 짓고 내가 그 이야기에서 빠져나오고 싶어서 그랬어. 솔직히 좀 지겹거든. 그런데 이제 왕이 되었는데 벌써 우주로 가는 거야?"

"2000년대 초반만 해도 우리 주기가 이렇게 빠르지는 않았어요. 지구 환경이 변하면서 우리 주기도 갑자기 빨라졌지요. 지구가 힘들면 우리 세계는 고스란히 그 영향을 받습니다."

"미안. 토모, 예전 주기로 돌아갈 순 없어?"

"나는 안 돼요. 내 시간은 이미 쏘아진 화살이라 앞으로 나가는 길밖에 없어요. 우리 후손은 지구인들이 어떻게 하느냐에 따라 달라질 수는 있어요. 내가 점으로 돌아간다는 걸 슬퍼하진 않아요. 점이 되었다가 기체화되니 오히려 홀가분하게 갈 수 있어요."

"와! 그런 점은 부럽네. 우리가 사는 세상은 죽어도 홀가분하지 않아. 스스로 육신을 처리하고 갈 수 없으니 남의 도움을 받아야 하고…. 빚지고 가는 거나 마찬가지거든. 장례식뿐 아니라 이곳은 남의 도움 없이는 살 수 없는 곳이어서 잔뜩 빚만 지다가 가게 돼."

"레베카 여사님! 너무 비관적으로 생각하지 마세요. 서로 도우면 되잖아요."

"그런가? 그건 그렇고, 토모네는 왜 얼굴이 다 똑같다는 거야?"

"우리 가문 얼굴들은 왜 그렇게 못생겼냐고 묻고 싶은 거지요? 우리도 외모를 중요하게 여깁니다. '이왕이면 다홍치마'란 속담도 있듯 잘생기면 좋겠지요. 우리나라 강아지들은 태어나기 전, 많은 샘플을 봅니다. 대부분 멋진 샘플을 고르는데 우리 가문은 대대로 다른 강아지가 고르지 않고 밀쳐 둔 샘플을 골라왔고, 이제 우리 가문의 문양처럼 되었지요. 우리 조상님들이 예쁨을 포기한 건 아닙니다. 타인의 선택을 존중한 겁니다."

"토모, 쉽지 않은 선택인데 대단해! 혹시 내가 사는 나라에도 그 시스템이 적용되었다면 나는 양보심이 엄청 강했네. 악착같이 밀치고 들어가 예쁜 샘플을 고르지 않은 걸 보면. 흐흐흐."

토모도 따라 웃더니 깜박 잊을 뻔했다며 하미 방으로 데려다 달라고 했다. 토모는 아무렇지 않게 벽에 손을 집어넣더니 작은 상자를 꺼내 하미 머리맡에 놓아주었다. 노란 고양이가 그려진 상자였다. 정확히는 노란 고양이가 빨간 금붕어가 들어있는 어항 속에 손을 넣고 있는 그림이었다.

토모가 말하지 않아도 의미가 읽혀졌다. 오늘 밤, 하미는 노란 고양이 꿈을 꿀 테고 내일 아침 종알거릴 것이다.

"엄마, 노란 고양이가 우리 집에 왔어!"

하미의 동그란 눈이 더 동그래질 모습을 떠올리니 미소가 절로 지어졌다.

"레베카 여사님, 이걸 보고 떠오르는 거 없어요?"

나는 어깨를 으쓱했다.

셋

"엄마! 왜 바닥에서 자고 있어?"

하미가 아침에 나를 깨울 때까지 정신없이 잤다. 고질이던 불면증이 나은 것처럼 정신이 맑았다.

"토모는?"

"토모? 엄마! 나처럼 토모 꿈을 꾼 거야?"

"어? 아니….."

어젯밤 분명히 이 방에서 토모와 이야기를 나누었다. 사실이라고 믿었는데 아침이 되니 꿈같기도 하였다. 그래, 실제 같은 꿈을 꾸었다고 하자. 그게 사실이겠어? 꿈에서나 있는 일이지. 벌떡 일어나 하미 식사 준비를 하러 갔다.

설령 그 일이 만에 하나 사실이라고 해도 나는 꿈이라고 여겨야겠다고 마음먹었다. 복잡하고 이상한 일에 말려들기 싫었다. 그러나 내 바람과 달리 한 달이나 지났을 무렵, 토모가 다시 찾아왔다. 내가 썩 반가운 표정을 짓지 않자, 토모는 늦게 와서 미안하다는 인사를 건넸다.

"그게 아닌데…."

토모는 저번보다 더 작아져 있었다.

"작별 인사를 하러 왔어요."

가슴이 철렁 내려앉았다. 살아오는 동안 언제나 내 곁에 있을 것만 같던 분들이 떠나가는 걸 지켜보아야 했다. 아버지, 어머니, 오빠, 친구….

그들은 작별 인사도 없이 황망히 떠나갔다.

"떠나기 전에 부탁이 있어요. 레베카 여사님이 사는 동네를 구경시켜 주세요."

"어?《사라진 데쳄버 이야기》에서도 사무실로 가는 길을 구경시켜달라고 하잖아? 토모, 다시 물을게. 데쳄버도 토모도 실제 있는 세계야?"

"저번에 말했잖아요. 믿으면 있고 믿지 않으면 없다고요."

"애고, 굳어버린 빵 같은 머리로는 받아들이기 쉽지 않아. 아, 그리고 토모, 저번에 토모네 나라가 어디 있는지 말해주지 않았어."

"레베카 여사님은 이미 우리 왕궁에 왔다 갔어요."

"내가? 언제?"

"당신이 하미만 할 때요. 우리 아버지 따라왔다고 들었습니다."

"무슨 그런 말도 안 되는…. 그러니까 대체 그 왕궁이 어디 있는데?"

"갈 수 있다고 믿으면 가고, 못 간다고 생각하면 못 가는 곳이지요. 레베카 여사님, 지금 보고 있는 현실이 전부가 아니랍니다. 상상력 자리에 단단한 고정관념을 들여놓지 마세요."

말을 마친 토모 왕은 갑자기 벽에 손을 쑥 집어넣었다 뺐다. 마술사 같군, 하면서도 나는 놀라지 않았다.

이미 한 번 본 적이 있는 데다 토모와 나는 완전히 다른 존재라고, 아니 사실은 이조차도 꿈일 수 있다고 여기는 마음이 여전히 남아 있어서 어떤 놀라운 일도 순순히 받아들여졌다. 토모는 나보고 눈을 감고 자신을 따라 벽으로 들어오라고 하였다. 토모가 말로 하지 않았으나 역시 마음으로 뜻이 전해져왔다.

그래, 어린 시절로 돌아가 무엇이든 믿었던 따스한 우물 같았던…. 내 몸이 토모처럼 작아지고 있다고 느꼈다. 토모를 믿으… 어? 그러다 다시 돌아오지 못하면? 순간, 내 몸이 벽에 부딪히면서 튕겨나왔다.

뒤로 벌렁 누운 내 앞에 사라졌던 토모가 다시 나타났다. 손에는 작은 상자를 들고 있었다.

"당신이 어릴 때는 아버지를 따라 아무 저항 없이 우리 왕궁에 들어왔어요. 오늘 들어오지 못했다고 서운해하지는 마세요. 언젠가, 언제일지 모르지만 들어올 순간이 존재하니까요. 당신은 우리 왕궁에서 방 하나가 이런 꿈 상자로 채워져 있는 걸 보았어요."

"그래, 토모. 그런 비슷한 꿈을 꾼 것도 같고…."

토모는 가지고 있던 상자를 내 손에 쥐여주었다. 뚜껑에는 알록달록한 깨알만한 나비가 날아다니고 있었다. 나는 단번에 일어나 상자를 들어 올렸다.

"이건 내가 어릴 적…."

"맞아요. 당신이 우리 아버지 토모 5세를 만났던 날 꾸었던 꿈이지요."

"난 이 꿈을 이제껏 간직하고 살았는데…. 내가 꾸었던 꿈 중 가장 아름다운 꿈이었어. 고열에 시달리며 앓고 있었고 엄마는 내 이마에 젖은 수건을 갈아주며 나를 보살펴

주었고 신음 소리를 내며…. 그래, 엄마가 내 손을 잡고 잠깐 잠이 드셨어. 그때 당신 아버지 토모 5세가 나타났어. 그가 내 머리를 만져주며 이 나비가 그려진 꿈 상자를 열었어. 난 여전히 고열에 시달리고 있었는데 갑자기 내 몸에서 깨알만한 형형색색의 나비들이 나와 끝없이 하늘로 올라가는 거야. 소리는 나오지 않는데 가슴에서 계속 감탄이 쏟아져 나왔어. 아침에 눈을 뜨자 열이 감쪽같이 사라졌어. 자고있는 엄마를 깨워서 물었지."

"엄마, 토모는?"

"엄마는, 꿈을 꾸었나 보다며 내 이마를 짚어보더니 열이 내렸다고 기뻐했어. 그리고 며칠 후 다시 찾아온 토모 5세를 따라 왕궁에 들어갔어. 그런데 왜 난 그걸 이제까지 잊고 살았지?"

말을 더 하고 싶었지만, 눈물이 하염없이 뺨을 타고 흘러내려서 더는 이어갈 수 없었다. 이상하게 토모가 나를 굽어보고 있었고, 나는 그 아래 조그만 아이가 되어 울고 있었다. 모습은 어른이었다. 더 이상한 건 그 장면을 보는 또 다른 내가 있었고, 그 뒤로 또 나를 보는 '나'가 연이어 있었다. 그러다가 맨 뒤에 있던 '나'가 그 앞의 나와 겹쳐지면서 맨 앞의 '나'와 하나가 되었다가, 다시 겹쳐있던 내가 뒤로 쭉 펼쳐지는 것이 아코디언을 연주하는 것처럼 보였다.

넷

토모를 기다리다가도 쓸데없는 일이라는 생각이 들었다. 작별 인사를 하러 왔다고 했으니 지금쯤은 이미 점으로 돌아가 있을지도 모르는 일이었다. 그러나 나에게 한 부탁이 있으니 다시 올지도 모른다는 기대가 없는 건 아니었다.

토모가 다시 나타난 날은 은행잎이 바람 따라 꽃잎처럼 떨어지는 오후였다. 걱정했던 것보다 토모는 그다지 작아져 있지 않았다.

"토모, 점으로 돌아가 버리지 않아서 다행이야."

"나도 지구인들처럼 깜박했네요. 왕궁으로 가서야 레베카 여사에게 부탁이 있다는 걸 떠올렸어요."

"와! 드디어 토모와 공통점을 찾았네. 나야말로 망각의 여왕이야. 핸드폰은 수시로 잃어버리고 안경을 머리에 얹어 놓고도 찾으러 다녀. 내 인생 절반은 잃어버린 걸 찾느라 아까운 시간을 허비하며 살았어. 한숨 나오네. 건 그렇고 내가 울음을 그치지 않아서 그냥 돌아간 거지?"

"그래요. 때론 지칠 때까지 울어야 할 때도 있어요. 울음은 우물 청소처럼 오래된 물을 퍼내는 것과 비슷해요. 그렇지 않으면 새 물이 차오르지 않지요. 그래서 작별 인사 없이 사라졌습니다. 레베카 여사님, 다시 한번 부탁드릴게요. 내가 점으로 돌아가기 전에 당신이 사는 동네를 구경하고 싶어요."

"조금 있으면 어두워질 텐데?"

"걱정하지 마세요. 오늘은 해가 오랫동안 머물 겁니다."

"아, 그러고 보니 토모에게 뭘 대접한 적이 없네. 우리가 털 알레르기가 있어서 강아지를 키우지 않으니 줄 게 없네. 토모가 좋아하는 거 있으면 나가서 사기로 해. 토모는 뭘 좋아해?"

"네. 우리 가문은 밤양갱을 주식으로 먹어요."

"정말? 데쳄버 왕은 무슨 젤리를 먹는다고 하던데 토모네는 밤양갱을 먹는다고? 데쳄버 나라와 토모네 나라는 이웃해 있어? 서로 알고 지내? 비슷한 게 많네. 아니면 나와 하미가 수제비 반죽 만들듯 두 이야기를 마구 섞어서 이상한 이야기가 나오는 건가? 꿈이라서 모든 게 가능한 건가?"

토모는 내 물음에 대답하지 않고 그림 이야기를 했다. 데 챔버 왕이 말랑구미를 얻을 때 그랬듯이 토모도 그림을 그려서 밤양갱과 바꾼다고 했다. 지금은 몸이 작아져서 그림을 많이 안 그려도 되지만 왕자로 있을 때만 해도 존버 책방 주인에게 20장이나 그림을 그려주었다고 했다.

"존버인지 좀비인지 욕심쟁이네."

"아니요, 공정한 거래였습니다."

"주로 뭘 그리는데?"

"그려달라고 하는 것들은 다 그리지만 난 노을을 그리는 걸 좋아해요. 비 오는 창밖 풍경도 자주 그려요. 오월, 연못가 버드나무가 바람에 휘날리는 모습도…. 고객들은 주로 꽃을 그려달라고 하지요. 오늘은 마지막 그림을 그렸어요. 약간 정신이 희미해진 이웃이 찾아와 자기 마음을 도대체 모르겠다며 마음을 그려달라고 찾아왔어요."

"마음을 어떻게 그리지?"

"아무것도 그리지 않았어요. 하얀 종이를 주고 말없이 들여다보라고… 가만히 들여다보고 있으면 거기 마음이 떠오를 거라고…."

나도 하얀 종이를 들여다보며 내 마음을 느껴보고 싶었다. 그러나 토모에게 동네 구경을 시켜주는 일이 우선이어서 토모를 작은 핸드백에 넣어 거리로 나왔다. 가을 햇살이 허옇게 떠 있었다.

다섯

토모와 함께하는 외출에 가슴이 설레었다. 핸드백 지퍼를 조금 열어두었다. 토모는 고개를 내밀고 여기저기 돌아보았다. 나는 눈에 띄는 건물마다 자세하게 설명해주었다. 면사무소 앞에 서 있는 느티나무에 대해서도 말해주었다.

무려 고려시대부터 살아온 나무로 가을 농사가 끝나면 마을 사람들은 나무 앞에 곡식과 과일을 차려놓고 동네의 평안을 기원한다는 이야기며, '머리 못 하는 집'이란 이상한 간판을 건 미용실을 지나면서는 사장님이 머리 땋기로 기네스북에 올랐다는 이야기도 자세히 해 주었다.

"어, 레베카 여사! 잠깐 서 봐. 저기! 저 빨간 벽돌집에서 나오는 여자, 저 여자는 유명한 인플루언서야. 요즘은 유기견 보호자로 구독자 수를 늘리고 있지. 지금도 강아지가 아파서 동물병원 데려간다고 불쌍한 표정을 지으며 동영상을 찍고 있지만, 사실은 저러다가 산속에 버리는, 앞뒤가 다른 여자야."

"그걸 어떻게 알아?"

"나도 모르게 알아졌는데?"

"에이, 믿을 수 없어."

"나중에 알게 될 거야. 사실인지 상상인지는…."

"사실이 아니길 바랄게. 유튜브 하는 사람 중에는 오직 돈만 밝혀 남의 약점을 캐서 폭로하거나 비건이라면서 뒤에서는 심지어 개고기를 먹는 사람도 있긴 했어."

빨간 벽돌집을 지나니 편의점이 나왔다. 머리에 까치집을 짓고 있는 중년 남자가 검은 비닐봉지를 들고 슬리퍼를 질질 끌며 나왔다.

"저 비닐봉지 안에 삼각김밥하고 육개장 라면 그리고 탄산수가 한 개 들어있을 거야. 저 남자는 저 세 가지를 고르기 위해 한 백 번은 더 망설였을 거야. 삼각김밥으로 할까, 그냥 김밥으로 할까? 삼각으로 겨우 정해놓고도 김치 삼각, 참치 삼각, 마요 삼각? 라면은? 음료는?

편의점 알바는 저 남자만 오면 인상을 찌푸려. 달랑 저 세 가지 품목만 사면서 삼십 분 이상 이거 만졌다 저거 만졌다 망설이거든. 저 남자 별명이 '오만 번'이야. 보통 사람이 하루 이만 번 생각한다면 저 사람은 오만 번은 생각하고 살 것이라고 해서 붙여진 별명이야. 저 남자는 집, 사무실, 편의점 이외는 안 가. 아니 못 가지.

　그는 정삼각형으로 왔다 갔다 하지. 다른 길은 가지 않아. 왜? 어떤 길로 가야 하는지 또 오만 번을 생각한 끝에 결단을 내리는 일에 본인도 지쳤거든. 그럼에도 불구하고 저 오만 번 씨는 구제 불능 인간은 아냐. 가슴 속에 되고 싶은 꿈을 품고 있거든. 누구에게도 말하지 않은 꿈."

　"그 꿈이 뭔데?"

　"글쎄, 모험적인 도전을 하는 알피니스트이거나 철학자가 되고 싶을 수도 있고…."

　"에이, 이제 조금 있으면 환갑이 되어 보이는데 무슨 알피니스트고 철학자야?"

　"이번 생이 전부는 아니라네."

　"어? 토모! 은근슬쩍 말을 놓았어."

　"그러게, 반말이 편하네. 나도."

　토모 말에 크게 웃었다. 오만 번 씨가 이상한 여자 보듯 나를 쳐다보았다. 토모 왕이 보이지 않으니 나잇살이나 먹은 여자가 길에서 혼자 크게 웃으며 가는 모습이 이상하게 보일 법했다. 토모는 오만 번 씨가 자기와 닮은 개를 한 마리 기르고 있다고, 조그맣게 말했다. 닮기는 했으나 그 개는 작게 태어나 크게 자라는 중이라고 지나가듯 말했다.

편의점을 지나니 '닉센 알버트' 카페가 나왔다. 명상 카페로 '닉센'이란 '생각에 잠기다'라는 뜻의 네델란드어라고 한다. 알버트는 카페에서 기르는 개 이름이다. 인근에서는 꽤 알려진 핫한 장소였다.

알버트는 토모의 존재를 모른 채 카운터 옆에 앉아 졸고 있었다. 뜨거운 아메리카노와 밤양갱을 주문하여 3층 루프탑으로 올라갔다. 노을이 피어나고 있었다. 탁자의 방향이 노을을 볼 수 있도록 되어 있었다. 토모 왕을 탁자에 내려놓았다. 왕은 말없이 노을을 쳐다보았다,

"마지막으로 보는 노을이군. 노을은 언제봐도 아름다워. 노을에서 향기가 나."

노을에서 향기가 난다는 말이 언뜻 이해되지 않았지만, 토모가 마지막 노을을 감상하도록 말을 아꼈다. 눈을 감으니 노을에서 그윽한 향기가 나는 것도 같았다. 토모 앞에 밤양갱을 분꽃씨만 하게 뭉쳐서 놓아주었다.

"고마워!"

"토모, 이제 그림을 그릴 수 없으니 내가 밤양갱을 매일 가져다 놓을게."

토모는 그 말에 대답하지 않았다. 대신 마지막으로 부탁할 일이 있다며 토모답지 않게 망설이다 말을 꺼냈다.

"글을 써 주면 좋겠어."

"내가?"

"응."

"나는 글 못 쓰는데."

"어릴 적 《빨간 머리 앤》을 쓴 작가처럼 글을 쓰고 싶어 했잖아."

"에이, 그건 어린 시절 누구나 갖는 꿈이잖아. 대통령이나 과학자가 된다는, 그런 거."

"초등학교 때부터 지금까지 일기를 써 왔잖아. 글쓰기는 레베카 여사에게 평생 습관인 것을 알아. 습관은 지층을 이루어 단단해졌어. 습관은 힘이 세거든. 이곳에서 한 자락 한다 하는 사람치고 자기만의 습관을 갖지 않은 사람은 없어.

레베카 여사가 내 이야기를 글로 기록해 주길 바라. 기록은 존재야. 기록이 없으면 존재하지 않은 거나 마찬가지야. 당신이 무슨 학당에서 하는 백일 글쓰기를 꾸준히 하고 있다는 걸 알아. 아직도 어린 시절 꿈을 놓지 않고 있다는 거. 끈을 놓지 말길 바라.

글은 누군가 읽어줄 때 완성되지. 왜 그런 말 있잖아? 작가가 반을 쓰고 나머지 반은 독자가 읽어주었을 때 완성된다는. 어른들을 위한 동화로 써 주면 어떨까? 잃어버린 상상력을 위해. 제목은 내가 미리 지어놓았어. '우주로 사라진 개, 토모'라고."

비로소, 토모가 하미와 내 앞에 나타난 이유가 저 노을빛처럼 선명해졌다. 토모를 달걀 쥐듯 가만히 안고 집으로 왔다. 잠든 토모를 침대에 눕히고 손수건을 덮어주었다. 침대는 토모가 오면 준다고 하미가 이미 레고로 만들어 둔 것이었다. 침대뿐 아니라 집을 만들어 그 안에 토모가 쓸 의자며 식탁까지 넣어둔 참이었다.

동네 한 바퀴가 피곤했는지 왕은 코까지 골았다. 토모가 깨면 주려고 밤양갱을 가지러 갔다 돌아오니 토모는 이미 사라지고 없었다.

더는 토모 왕을 볼 수 없었다.

후기

밤마다 이어가던 토모 이야기를 드디어 끝내고 하미에게 물었다.

"하미야, 토모가 진짜 있을까?"

"응, 토모가 나한테 왕관도 쓰게 해 주고, 토모 몸도 만져 보았잖아."

"데쳄버 왕은?"

"몰라, 나한테 한 번도 안 나타나서."

지금도 긴가민가한다. 강아지 알레르기가 있는데 토모를 만났을 때 재채기를 한 번도 안 한 걸 보면 꿈이었던 것도 같고, 토모는 일반적인 개가 아니었으니 강아지 알레르기와 무관했을 거로 생각하면 꿈처럼 생생한 현실이었나, 싶기도 하다.

이 글은 악셀 하케의 《사라진 데쳄버 이야기》에서 모티브를 얻어 썼습니다.

하여튼 왕창
개소리는 아닙니다만

발행일 | 2025년 2월 25일 초판 1쇄
지은이 | 이명선
펴낸이 | 장영훈
펴낸곳 | (주)이츠북스
편집 | 고은경, 김영경
마케팅 | 남선희, 김희경
디자인 | 디자인글앤그림

출판등록 | 2015년 4월 2일 제2021-000111호
주소 | 서울특별시 강서구 화곡로 416, 1715~1720호
대표전화 | 02-6951-4603
팩스 | 02-3143-2743
이메일 | 4un0-pub@naver.com

홈페이지 | www.4un0-pub.co.kr
SNS 주소 | 페이스북 www.facebook.com/saungonggam
　　　　　 인스타그램 www.instagram.com/saungonggam_pub
　　　　　 블로그 blog.naver.com/4un0-pub

ISBN | 979-11-94531-03-6 (03800)

사유와공감은 (주)이츠북스의 출판 브랜드입니다.

사유와공감은 독자 여러분의 책에 관한 아이디어와 원고 투고를 기쁜 마음으로 기다리고
있습니다. 책 출간 아이디어가 있으신 분은 이메일 **4un0-pub@naver.com** 또는 사유와
공감 홈페이지 '작품 투고'란으로 간단한 개요와 취지, 연락처 등을 보내 주세요.
여러분을 언제나 응원합니다. ☺